阅美文

永远的箫声

凌鼎年 著

西苑出版社
XIYUAN PUBLISHING HOUSE

图书在版编目（CIP）数据

永远的箫声 / 凌鼎年著. — 北京：西苑出版社，2017. 12

ISBN 978-7-5151-0657-1

Ⅰ. ①永… Ⅱ. ①凌… Ⅲ. ①小小说 – 小说集 – 中国 – 当代

Ⅳ. ①I247. 82

中国版本图书馆 CIP 数据核字（2017）第 316998 号

永远的箫声

YONGYUAN DE XIAOSHENG

出 品 人 赵 晖

责任编辑 康志刚 曹亚楠

责任印制 陈爱华

责任校对 刘 娟

书装设计 徐慧芳

出版发行 西苑出版社 XIYUAN PUBLISHING HOUSE

通讯地址 北京市朝阳区和平街 11 区 37 号楼 邮政编码：100013

电 话 010 – 88636419 传真：010 – 84281520

E – mail：xiyuanpub@163. com

印 刷 固安县京平诚乾印刷有限公司

经 销 全国新华书店

开 本 880 ×1230 毫米 1/32

字 数 216 千字

印 张 8. 75

版 次 2017 年 12 月第 1 版

印 次 2017 年 12 月第 1 次印刷

书 号 ISBN 978-7-5151-0657-1

定 价 49. 80 元

目　录

入选教材、考卷作品小辑

往作新读

新作选辑

选刊篇采撷

入选教材、考卷作品小辑

让儿子独立一回

儿子真是争气，以全县高考总分第三名的好成绩被上海财经大学录取。

史工程师比当年自己考取大学要高兴得多，满脸的阳光，满脸的春色。

望子成龙，是中国人的传统。这些年来，儿子他妈真是费尽了心血。真可谓儿子读一年级，她也读一年级，年年这样陪着读陪着复习。

如今儿子如愿以偿考取了大学，他妈却病倒了。

病床上的她念念不忘的是儿子开学在即，自己将不能亲自送儿子去上大学，这叫她如何放心得下？她坚持叫丈夫无论如何都要把儿子送到大学，安顿好了才回来。

史工程师更放心不下妻子，与妻子商量说："让儿子独立一回吧？"

"不行！没娶媳妇之前总是孩子。哪能让儿子一个人去大学。再说这孩子你也知道，他能行吗？"

妻子的担心不是没有一点道理的。儿子长这么大了，没买过一回菜，没烧过一顿饭，没洗过一件衣，没拖过一次地，就连床也都是他妈铺的。自小到现在，从未单独出过一回门，就像鸡雏似的从未离开过母鸡翅膀的保护。而现在，猛一下就叫儿子一个人去经风雨见世面，她一百个放心不下。

史工程师开导妻子说："儿子是去上海读大学，又不是去非洲探险、去神农架考察野人，不会有什么事的。想当年，我十七八岁时去长征大串联，家里谁跟我去了？你在儿子那年纪时，不是报名去了黄海边的建设兵团，你爹妈送你到了海边？没有吧。常言道，到啥山，砍啥柴。让儿子独立一回有好处……"

几乎是磨破了嘴皮子，好说歹说，妻子才十分不愿意地不再反对，但她拖了一句："就是我同意，儿子也不会同意的，人家父母都送，他父母不送，多没面子……"

结果简直是出乎意外，儿子很平静地说："早该让我独立了。"

儿子去上大学前一天，史工程师关照了又关照，诸如碰到意外情况立即找警察，安顿好后，先打电话回来，再写封详细的信……

儿子去了三天，没有来电话；儿子去了七天，依然没有音信。史工程师夫妇急了，妻子要史工程师无论如何亲自去一趟学校。

正当史工程师准备去上海时，儿子的信来了。夫妇俩不啻接到福音书，迫不及待地打开。不料随信纸带出的是一沓发票，共有：

娄城至上海中巴票一张；

上海出租车票一张；

大三元酒家餐费发票一张；

新华书店购书发票一张；

另附纸一份，上注明：

付搬运费、服务费、冷饮费若干；

买饭菜票若干……

乖乖，不包括学杂费，光这些额外开支，就一千多元。

看了儿子的信才知道，儿子这回过了下独立的瘾。他去上海时，不坐公共汽车乘中巴；到了上海后，打的去学校；到了学校后，花钱请人搬行李，乃至挂蚊帐、铺床他都未自己动手。为了搞好关系，他买了一箱冰淇淋，凡那天在他宿舍的，不管是同学、教师，还是同学的父母、朋友，一概由他请了。第三天，他又请同宿舍的到大三元酒家聚了聚……

史工程师看了信和发票，愣在那里，不知说什么才好。他妻子看了，一颗七上八下的心总算放了下来。她很欣慰地说："我这儿子，是做大事的料！"

史工程师没有接话，他大概正在为如何给儿子回信而伤脑筋呢。

狼来了

七丫村附近有座狼山，狼山之所以叫狼山，没有什么典故，也没有什么历史传说，仅仅因为这山上早年有狼，村民们就把这山称为狼山，后来叫顺叫习惯了，狼山之名也就写进了《娄城志》里。

名不副实的是，这座叫狼山的山，早就没有狼了，20 世纪五六十年代，人们组织过多次搜山打狼，后来不要说狼，连猪獾、狗獾、果子狸、刺猬等野生动物也极少能见到。

狼山上没有庙宇，没有民居，没有名胜古迹，更没有人住，有的只是老树、灌木、荆棘、杂草，经济价值不大，一直没有被开发。

有一位老干部，与一位老知识分子曾先后吊死在狼山的歪脖子树上，等发现时，已腐烂，生了蛆，不但臭不可闻，而且面目狰狞，这之后，老百姓就不大敢随便上山了，父母更是不让孩子上山。不久，就流传起狼山有鬼出现的传闻，还传得有鼻子有眼。这一来，就更没有人敢轻易上山了。

去年中秋的一个晚上，突然从狼山上传来了“狼来了！狼来了!! 救命啊！救命啊!!”的呼声，凄厉而恐惧，但呼救者喊破嗓子，并不见有人上山去救。

第二天，山下七丫村的村民议论：这山哪有狼啊，几十年都没有狼迹了。假的，百分之百假的，肯定是谁吃饱了撑的，寻开心找乐子忽悠大家，谁上山谁是傻子。

是啊，不去救没有人怪。你上山去救了，去打狼了，万一狼没有见着，见着个受伤的，半死不活的，赖上你了，那不是大麻烦吗。再说了，狼如今是国家二级保护动物，就算有，谁敢打？你打了，打死了，打伤了，有关部门要罚你款，你给不给？别没事找事，自找麻烦。

对对对，村民都这么认为。

第三天，胆大的山旺说："走，上山去看看，大白天去，我们几个人结伙去，还怕撞着鬼吗？"

山旺等几个人在半山腰发现了一条死狼，看样子死了一段时间了，已有点腐烂。

难道狼山真的又有狼了？

山旺看了半天说：像狼，也像狗，可能是狼，也可能是狗。

其他几个人反反复复看了，有说是狼，有说是狗，大家吃不准究竟是狼还是狗。

关于狼山到底有没有狼，成了疑问。

但不知怎么回事，没几天狼山有狼的说法越传越远。

古庙镇镇政府决定组织人上山考察，看看到底有没有狼。

娄城电视台决定跟踪拍摄。

村民甲说：懂了吧，这是策划的，肯定早有人策划。

村民乙说：看来镇政府准备开发狼山了，要不如此兴师动众干吗？

多位村民说：幸好那晚没有上当受骗。

就在考察队出发的前一天晚上，村民们又听到狼山上有人喊："狼来了！狼来了!!"

这一次，连山旺也彻底不相信了，他搂紧了老婆说："我们别理他，这肯定是为明天考察造舆论，假到底了。"

第二天，镇政府组织的考察队出发时，镇宣传委员带队，镇党委书记来送行，场面还不小，可惜只有看热闹的，并没有哪个跟着上山。七丫村的山旺等村民对电视台的工作人员不无调侃地说："卖力点，好好拍几个狼咬人的画面，也让我们开开眼界……"

考察的结果说是发现了狼粪、狼毛、狼窝，这都有镜头的，最最出人意料的是拍到了昨晚被狼咬伤的一位中年人，腿上被咬了一口，据他自己讲：后来爬到树上才逃过一劫。电视画面是真真切切的，那中年人腿上的伤口也确确实实流着血，有牙齿印，很痛苦的面部表情给电视观众留下极深刻的印象。

这中年人村民都没有见过，电视台介绍说他叫赵宇纶，省里的地质工程师。村民们弄不懂的是他晚上跑到狼山干什么？难道勘察到了什么宝贝？村民们奇怪，关于这些，电视台语焉不详，会不会是出于保密？

至于狼山到底是真有狼，还是需要狼，村民们持两派意见，山旺与村民甲、村民乙等说打死也不信狼山有狼。村书记认为电视台都播了有狼，那一定有狼，不相信镇政府，不相信电视台，难道相信你山旺？你山旺算个啥。

不过，除七丫村部分村民以外，娄城全市上下，包括外地的都为狼山高兴，因为狼山终于名副其实有狼了。至少到目前为止，没有听说谁在质疑狼山发现狼的报道。

很多人都想来狼山一游呢。

天使儿

上天真是不公，娄城大画家商未央的儿子葵葵竟是个低能儿。

葵葵今年16岁，智力水平最多小学三四年级。他一出门就兴奋，尤其看到大红大绿的色彩更是亢奋，会发出让人害怕的怪叫声。一回家他就沉寂不语，更多的时候作沉思状，似乎有什么重大问题等待他思考。

有一次，商未央参加市文联组织的采风活动，要去皖南山区写生，时间大约半个月。临走前，他再三关照妻子别让葵葵去外边乱跑，免得出了什么意外。妻子说：放心，葵葵这儿子智商是低了些，可从不闯祸，乖着呢。

商未央知道妻子上班不能迟到早退，不可能天天陪葵葵，就买了不少玩具与吃的，一股脑儿交给了葵葵。

商未央走的第三天，就接到妻子电话，说葵葵用颜料在墙上画得一塌糊涂，劝也劝不住。商未央无奈地说：只要葵葵不吵着到外面去，就让他涂吧，最多浪费点颜料罢了。

当商未央携着厚厚一叠写生稿回到家时，他惊呆了，整个家里的白墙全涂满了，七彩斑斓，色泽耀眼。猛一看，商未央有一种被震慑的感觉，那是一种气势，一种无拘无束，自由奔放，扑面而来，逶迤远去的气势。那色块的突兀，那色彩的流动，让人匪夷所思，更耳目一新。细看那画面，似乎画了什么，又似乎什么也没画，完全没有具像。商未央作为一个专业画家，他立时有了一种莫名的激动，这些难道是葵葵画的？难道是他一个低能儿的杰作？

商未央进葵葵的房间时，葵葵已倒在沙发上睡着了，手里还握着画笔，衣服上斑斑点点，但脸上溢着无比的快乐。

妻子一见商未央就歉意地说："我拿他一点办法也没有，家里被涂成这样，我真的很抱歉。"

"不不不，你没错，我得谢谢你呢。你的宽容发掘了葵葵潜在的绘画才能，你没看出这些画很有灵性很有个性吗？"商未央的兴奋溢于言表。

商未央把这些画仔仔细细地看了一天，研究了一天，最后定名为《无题》，他一一拍了照，寄给了报社的一位朋友。报社记者大感兴趣，据此写了篇《天使儿的处女作》。这篇报道的发表，使娄城的市民知道绝顶聪明的夫妇生下的低能儿谓之"天使儿"，知道了大画家商未央家竟有个天使儿。

或许是那《无题》的照片太小，看不出名堂，娄城老百姓议论的很少是画的本身，更多的是商未央怎么会生出这么个弱智儿子。

有人说：老天就是公平，商未央他名声赫赫，才气逼人，可生了个傻儿子，这叫平衡，世上好事哪能全让他占了。

还有人说：你看看商未央画家老婆几岁，谁叫他老牛吃嫩草，活该他有个戆儿子！

报社的记者一报道，也引起了电视台记者的兴趣，电视台来了两位记者，原来他们只想拍一两分钟的新闻片，可一见满屋满墙的那幅画，也激动了起来，立时改变了主意，拍起了专题片，还专门采访了葵葵。葵葵说得颠三倒四，让记者摸不着头脑，不过他一拿起画笔，那种投入状、兴奋状，很是入镜呢。葵葵的当场作画，更有现场感，更有说服力。也是巧，不久就是国际助残日，电视台精心制作后不但娄城电视台播放了，还作为外宣片送到了省台，结果这名为《天使儿的杰作》专题片，造成了不小的轰动。

商未央甚至觉得比自己取得成功还激动、宽慰，他给报社写了篇《发现 、鼓励、培养》的文章，他甚至预测葵葵的艺术成就有可能超过自己云云。

在一片叫好声、惊叹声中，也夹杂着若许不和谐音。诸如这商未央也不知作了什么孽，生了个傻儿子，如今又用傻儿子来作秀，来炒作，真不要脸……

商未央也不解释。

妻子忍不住对商未央说："你为什么不解释呢？你不说我说，我有责任让大家知道，葵葵是我姐姐的孩儿，是因为他们双双出了车祸你才收养他的呀。葵葵不是天使儿，他是那次车祸大脑受了创伤落下的后遗症呀……"

商未央止住妻子的话头说："算了，别人咋说是别人的事，只要自己问心无愧就成，再说这样的宣传报道对葵葵的艺术之路有利……"

妻子扑在商未央怀里说："我真的没看错人，我代我姐姐谢你，谢谢你！"

茶垢

史老爹喝茶大半辈子，喝出了独家怪论：“茶垢，茶之精华也！”

他那把紫砂茶壶是从不洗从不擦的。因常年在手里摩挲，壶身油腻腻而紫黑里透亮。揭开壶盖，但见壶壁发褐发赭，那厚厚的茶垢竟使壶内天地瘦了一大圈呢。

莫看此壶其貌不扬邋里邋遢，却是史老爹第一心爱之物。从不许他人碰一碰，更不要说喝壶中之茶了。

据说此壶乃传之于史老爹祖上有位御笔亲点的状元之手。更有一说录此备考：此壶较之一般茶壶有不可同日而语的两大特色。其一，任是大暑天气此壶所泡之茶，逾整日而原味，隔数夜而不馊；其二，这也是绝无仅有的——因茶垢厚实，若是茶叶断档，无妨，白开水冲下去，照样水色如茶，其味不改。

史老爹曾不无炫耀地说过：“如此丰厚之茶垢，非百年之积淀，焉能得之?！壶，千金可购；垢，万金难求。此壶堪称壶之粹，国之宝……”

史老爹喜欢端坐在那把老式黄花梨太师椅上，微眯着眼，轻轻地呷上一口，让那苦中蕴甘的液体滋润着口腔，然后顺着喉道慢慢地滑下去。他悠悠然品着，仿佛在体会着国饮精华之韵味，简直到了物我两忘之境界。

去年夏天，史老爹在上海工作的小儿子带了放暑假的女儿清清回老家探望老人。

清清读二年级，长得天真可爱。史老爹一见这天使般的孙女，自是高兴不已。大概他太喜欢这孙女了，竟破天荒地想让孙女喝一口紫砂壶中的茶。哪料到清清一见这脏兮兮的紫砂壶，直感恶心。她推开紫砂壶说："爷爷，你不讲卫生，我不喝。"

"你不喝我喝。"史老爹有滋有味地呷着品着。

第二天一早起来，史老爹照例又去拿紫砂壶泡茶。谁知不看犹可，一看刹那间两眼发定发直，腮帮上的肉颤抖不已，嘴巴张得大大的，如同傻了似的——原来那把紫砂壶竟被清洗得干干净净，里面的百年茶垢荡然无存。

僵立半晌后，史老爹突然撕心裂肺般地叫喊："还我茶垢！还我……"

随着这一声喊，史老爹血窜脑门，痰塞喉头，就此昏厥于地。

清清又惊又怕，委屈得直抹眼泪。

一阵忙乎后，清清父亲赶紧用紫砂壶泡了一壶茶，小心翼翼地捧到老人面前。

恍恍惚惚中回过气来的史老爹一见紫砂壶顿时如溺水者抓到了救命稻草，一把抢过紫砂壶，紧紧地贴在胸口。许久，他泪眼迷糊地呷了一口，哪晓得茶才入口，即刻乱吐不已，眼神一下子又黯然失色，手无力地垂了下来，面如死灰似的。唯听得他声若游丝，喃喃地吐出："不是这味！不……是……这……味，不……是……这……味……"

荷香茶

周家世居古庙镇好几代了，早先是镇上的大户人家。到周寒冰父亲这一代，已败落了。所幸的是周寒冰父亲留给了他一栋平房。房是老房子，不起眼，院子很大，院中还有个小水池，依稀能见旧时私家园林的轮廓。

周寒冰最喜欢的是周敦颐的《爱莲说》，认为这是周家的骄傲。虽说查了几次也未查到他是周敦颐一脉后裔的文字证据，但他自认为至少是周敦颐的精神后裔。

有了这种想法后，他把业余时间全放到了种荷上。他把淤塞的小池拓宽拓阔，把池中之泥堆成土坡。坡上植梅，池中种荷。开春，他欣赏“小荷才露尖尖角，早有蜻蜓立上头”的景色；入夏，他陶醉于“映日荷花别样红”的意境里；深秋，他体会“留得残荷听雨声”的趣味。

渐渐地，周寒冰不满足于种一池普通荷花了，他开始搜寻荷花佳品，功夫不负有心人，他先后觅到了大洒锦、重台莲、并蒂莲、红千叶、寿星桃、千瓣莲、大碧莲、中日友谊莲等名贵品种，像大洒锦，花型大，香味浓，颜色奇，白底红边蓝镶条，宛如荷花中的皇后。周寒冰对这亭亭净植、香远益清的花中君子爱之日深，推而广之，他又爱上了碗莲，他种了一盆又一盆，其中有“白雪公主”“娇客”“娃娃莲”“醉杯”等皆是名品名种。几年下来，他家里，院中有荷，池中有荷，窗台有荷，书桌上有荷，大大小小，一百多盆，每到夏秋之际，周寒冰观叶观花观莲，真所谓其乐无穷。

他客厅里挂的是《墨荷图》《菡萏图》《接天莲叶无穷碧》，书桌玻璃台板下压的是他自摄的荷花照片，他还请同邑的大书法家苏人望先生题写了“国香轩”的斋名，一看便知主人乃真正爱荷人。

常言道“物以类聚，人以群分”，周寒冰结交了一帮荷友，荷花盛开期间，隔三岔五小聚赏荷。偶尔还有外地光临小镇的文艺界朋友慕名前来赏荷呢。

凡有客至，周寒冰必以上好的碧螺春茶待客。若是稀客，又是性情中人，若他提前三天知道的话，周寒冰就以荷香茶来待客。

据说荷香茶乃元代大画家倪云林之发明。

周寒冰待夜色漫开，暑气消散后，取龙井一撮，用洁净的白纱布包之，然后选一朵晨来刚开的荷花，放在莲房之上。荷花特点，朝开暮合，夜晚放入，那茶叶即被荷花瓣包裹住了。待清晨荷花绽放时取出。吸收异味乃茶叶之特性，尤以龙井为最，这一小包龙井茶经一夜之吸收，荷香尽吸其中，花露也尽吸其中，可挂阴凉之处晾干，夜来再放入，晨来再取出，再晾干，如是三夜，此龙井茶叶既得荷花之馨香，又得天地之精华。再用洁净之水泡之，立时清香扑鼻，闻之荷香缕缕，呷之沁人心脾，即便最挑剔的老茶客也常常赞不绝口。

荷香茶有季节性，因此能在周寒冰家喝到荷香茶的并不多。

一日，娄城的摄影家裘一鸣打电话来说要拍些荷花照片。

裘一鸣以拍花鸟鱼虫照片见长，特别是拍静物，确实有自己独特的心得。

这次海内外数家单位联合举办“2009 国际荷花摄影大赛”，这是国际性大赛，裘一鸣自然看重，拍花本是他的强项，他一副志在必得的样子。据说不少参赛者都涌到苏州拙政园、南浔小莲庄去取景了。裘一鸣寻思，园林里的荷不免大路货，且你能拍，他也能拍，缺乏与众不同的竞争力。如何发挥静物的特点，又在取景上避免雷同呢？裘一鸣想到了周寒冰家的荷花。说起来仅一面之交，交情不深。不过无妨，裘一鸣甚至认为有些事，浅交比深交好，君子之交淡如水嘛。

裘一鸣在娄城文艺界是有点知名度的。周寒冰对这位同道的拜访，很是高兴，已预先准备了荷香茶。如今古庙镇也用上了自来水，或许是水质污染的关系，用自来水烧开后泡出的荷香茶那味总逊色好几分，因此周寒冰都是用井水的。当然，按古人的说法，最好是无根之水，即天落水。也是巧，前天一场雨，周寒冰收好一小缸夏雨水呢。

裘一鸣一到，好客的周寒冰就要泡荷香茶待之。裘一鸣摆摆手说：“先别忙喝茶，早晨的光线最柔和，最适合拍带露荷花。先拍摄，再喝茶，好不好？”

这种艺术家的敬业态度立时博得了周寒冰的好感。于是，两人来到院中，周寒冰如数家珍地一一告知这盆叫什么名，那盆叫什么名，这盆以花型大闻名，那盆以香气足传世……

裘一鸣心不在焉地听着，他的眼睛却如鹰隼般扫视着每片叶，每朵花，从不同的角度捕捉着别具一格的画面构图。“好花，太好了。”不一会儿，他就沉浸在自己的发现之中，似乎已忘了周寒冰的存在。

周寒冰倒并不在乎他这种态度，他反倒认为搞艺术的就该有这种痴迷劲头。

裘一鸣拍了几张后，发现周寒冰一直在身边陪着，就对他说：“你忙你的，我一个人拍，静心些。”

周寒冰想想也是，怕干扰了裘一鸣的构思，就悄悄回了屋。他泡好了荷香茶，只待裘一鸣拍好，一起赏荷品茗，聊上一聊。

裘一鸣整整拍了两个小时才恋恋不舍地回到屋里，那脸上抑制不住的兴奋。他望着那满院的荷花说：“如果我家有这么多荷花，每天早上来选景拍几张，不获奖我不姓裘。”

“随时欢迎你来拍。”周寒冰很真诚。

“我走了，荷香茶下次来喝。我得赶紧回去冲印出来，所谓先睹为快。”

周寒冰虽觉遗憾，却很理解他。一直把裘一鸣送到门口。

送走裘一鸣后，周寒冰才发现裘一鸣为拍摄到理想的荷花图，做了不少所谓的艺术加工，诸如这盆摘掉一柄荷叶，那盆剪掉一朵荷花插在这盆里，或者剪了几盆的莲子，集中插到一盆中……

周寒冰对荷花盛情之深，有如生命，他甚至连残荷都轻易不剪枝修叶，没想到裘一鸣会如此对待神圣的荷花。周寒冰对他的好印象一下丧失殆尽。周寒冰气呼呼地回到屋里把为裘一鸣泡的荷香茶泼了。心里想，幸亏他没喝，他这种人不配喝荷香茶。

菊痴

菊花品种累千上百，黄白红紫，均有不胜枚举之品种。唯绿色菊花极为稀少罕见，而绿色品种中又以“绿荷”为花朵最大，绿意最浓，一向被认为是菊之上上品。

大凡名贵品种都娇贵，“绿荷”也极难培植，只少数大公园才有此品种，因而其珍其贵显而易见。

据说私人有“绿荷”品种的不多，但老菊头有。

说起老菊头这个人，可算一怪——他一辈子单身独居，仿宋代名士林逋“梅妻鹤子”，自谓“菊妻菊子”，爱菊爱到如醉如痴的地步。

他家屋里屋外全是菊。什么“帅旗”“墨十八”“绿刺”“十丈珠帘”“绿水长流”“枫叶芦花”“凤凰转翅”“绿衣红裳”“古铜钱”“贵妃出浴”等，简直就是一个小型菊展。

数百品种中，老菊头最宝贵的自然是“绿荷”。

也真有他的，那盆绿荷被他养得高不盈尺，枝不过三，棵壮叶大，底叶不焦，每枝一花，同时竞放；花绿如翡翠，花大似芙蓉。远观，花叶难辨，绿溢盆沿；细瞧，苍翠欲滴，绿意可掬——此乃老菊头命根子也。

据传闻：此绿荷品种出自清廷御花园，故老菊头一向以拥有御菊亲本、正宗绿荷而自傲。

老菊头最烦别人要他参加什么花卉协会，似乎一入会，绿荷名菊就难保了。

他脑子里只有菊花，别的，对不起，他每见报上登有菊展消息，必自费前往。一到菊展，必先寻觅有无绿荷品种展出。若有，他必赏看再三，临走必甩一句：“非正宗绿荷！”

于是，扬扬得意之情难抑。回家后老菊头越发对那棵绿荷爱护备至。

老菊头为了保存这棵正宗绿荷，可谓煞费苦心。这绿荷品种他每年只种一盆，绝不多种。他年年插枝，成活后选取一棵最壮实的保留，其余的连同老根一起毁掉。以免谬种流传，正宗不正。

老菊头的这盆绿荷犹如邮票中的孤票、古籍中的善本，使得许多菊花爱好者垂涎欲滴，好多人千方百计想得之，但任是软的硬的，一概碰壁碰钉子。

多少年来，他家的菊花只准看不准要，谁若不识相，开口向他要一盆，或想动脑筋分个根，剪一枝什么的，那他必不给你好脸色看，随你是什么人，一律如此。

秋天的时候，老菊头的侄女带着一英俊潇洒的青年来看望他。老菊头向来把侄女当亲女儿待的，见侄女有如此一表人才的男朋友自然高兴万分，于是不免多看了几眼，这一多看，老菊头发现这青年有点面熟，想了很久，他终于记起来了，这青年就是曾劝他加入县花卉协会最起劲的一位，对了，好像记得他是公园的什么技术员，想到此，老菊头立即警觉起来，连神经末梢也像长了眼睛似的，如防贼似地注意起了这青年的一举一动。

好啊，耍手段耍到我侄女身上来了。看来和我侄女谈朋友是醉翁之意不在酒。有了这想法后，老菊头对侄女也有了三分戒心。

有天半夜，老菊头被风声雨声惊醒，他放心不下那盆绿荷，披衣到天井里把绿荷搬进屋，不料因地湿，脚下一滑，跌了一跤，老菊头怕跌坏绿荷，倒地时硬是护住了那盆绿荷，故而跌得好重，痛得爬都爬不起来。过后，检查下来是尾骨骨折，需仆床静卧。

于是，照顾老菊头，照顾菊花的责任，义不容辞地落到了他侄女身上。

老菊头对侄女少有的热心生出了几分怀疑，他怕有意外，索性叫侄女把绿荷搬到他床前。

慢慢地，这盆绿荷不如先前精神了。

第二年春上，虽然窜出了几个新芽，但嫩嫩的、弱弱的。他侄女几次提出搬到天井里照照阳光，老菊头终因放心不下，坚持不肯。等后来眼看这盆绿荷要活不成了，老菊头才无可奈何地同意搬到天井里。可他本能地感觉到侄女的那位男朋友也在天井里，急得大叫搬进来，慌慌地细数着那仅有的几根芽缺了没有。

终于，绿荷一缕芳魂去矣。老菊头倾注一生心血养之护之的所谓御菊亲本、正宗绿荷就此绝种。

法　眼

近年，娄城的古玩市场开始热闹了起来。每到双休日，那文庙边上的古玩市场就摊连摊，人挤人了。

初秋的一天，来了一位外地口音的黑脸汉子，此人年纪约三十来岁，说城里人不像城里人，说乡下人不像乡下人，憨厚中带着点狡诈，精明中又透着几分死性，让人捉摸不透。他摆出了宣德炉、墨盒、笔洗等几样古玩，开价都不算太高，很快就成交了，唯有一只斗彩莲花盖罐他开价 8.8 万元，并咬死说一口价，不能还价，还价免谈。

齐三元是古玩市场上的大户，他认准了的东西，如落入了他人手中，他会几天几夜睡不着觉。齐三元这几年在古玩市场上，药已吃过多次，还在不断付学费。不过，看得多了，也多少练出了点眼力，几年来，也确确实实收进了不少好货，让收藏界同行眼馋得很呢。

齐三元那天一瞄到那斗彩莲花盖罐，眼就一亮，凭他目前对瓷器的鉴别能力，他一看那造型，那图案，那色彩应该是明成化年间的官窑出品，这可是好东西哪。如果说真是成化年间的官窑产品，8.8 万元这价太便宜了。如此看来，这黑脸汉子是个嫩头，是个涩货。从他刚才出手的宣德炉、墨盒、笔洗等，其价位都只是半价到七八成价。齐三元估摸着，要么都是旧仿，要么真是不识货。要是碰上个不识货的，那合该我捡漏发财喽。

齐三元上前把那盖罐看了一下，罐底“大明成化年制”六个字分两行竖排，字外有双圆圈套着，这可是标准的成化年间的落款。再看那莲花画得拙拙的、土土的，色彩有红有绿有蓝有黄，怎么看都有点俗，但齐三元知道，成化年间的斗彩瓷器就是这风格，与青花是不可同日而语的。齐三元掂着分量，用手指弹着听响，看了外面看里面，看了顶盖看罐底，又用手摩挲了一阵。反复看了一阵后，齐三元有点吃不准了，说是吧，似乎釉色太新了，用手摸没有那种润的感觉，说不是吧，又太像真的了。

齐三元拿 8.8 万元出来是绝对拿得出的，但毕竟也不是个小数目，不能再吃药了。他想到了娄城古玩鉴赏家楚诗儒，他可是法眼哪。齐三元一个电话打过去，楚诗儒倒也上路，一听是成化年间的瓷器，立马就打的赶了过来。

楚诗儒也不说话，先用手在罐内罐外顺时针转动摸了一遍，又逆时针转动摸了一遍，然后取出一只特大号放大镜，仔仔细细看了一遍。看罢，他说：“瓷是好瓷，仿得很到位，必是高手所仿，能仿到这个程度，无论怎么说，也算是精品中的精品了，应该也值个一万两万的。但恕我直言，以我的手感而言，这罐的仿制时间不会超过 10 年。”楚诗儒怕齐三元不信，让他通过放大镜看，果然，那毛刺都还在呢。楚诗儒说：“明成化距今 500 多年。500 多年啊，一件瓷器历经 500 多年，怎么说也火气全消了，手感决不应该有任何毛刺感，仅此一点，就足以证明这是赝品！”

楚诗儒在娄东古玩界的权威性是从没人怀疑的，他此话一出，谁还会去买这件假货呢。

齐三元连声说："谢谢，谢谢，要不然我今天又要吃药了。"

黑脸汉子听楚诗儒这么一说，也蔫了，自言自语说："我爹临终时告诉我，这是货真价实的成化瓷……"

他守着这盖罐整整一天，再没人来问津，眼见将收市了，黑脸汉子知道没戏唱了，咬咬牙降到了4.8万元。

这时，有位拄拐杖的老者踱进古玩市场，他转了一圈后，来到了黑脸汉子摊前。他告诉黑脸汉子他是专收藏成化瓷的，所以价也不还，爽爽气气地付了4.8万元现钞，开开心心地走了。

齐三元想，"冲头"总是有，连这古稀年纪的老资格也看走眼，保不准回去后要悔得吐血。他忍不住上前对老者说："老先生，这是赝品，你上当了。"

老者见齐三元一脸真诚，很热情地说："走，喝茶去，边喝边聊。"

老者自始至终没说他姓啥名甚，以前是吃什么饭的，但老者关于斗彩莲花盖罐的一番话，使齐三元吃惊得半天回不过神来。

老者说："看来你也是古玩行当的票友，让你长长见识。这个罐绝对是真品，但为什么会给人仿制的感觉呢，因为这是库货。"老者见齐三元一脸的惘然，知道他还不懂何为库货。就解释给他听。原来这盖罐是当时官窑烧制的，其中有一批瓷器被送到了报国寺，因为是皇帝的御赐，除了部分用掉，剩余部分就封存在了寺庙的地下室里，后来因战乱的关系，地下室的秘密就鲜为人知了。一直到1966年破四旧时，经卫兵扒庙时才无意中发现了这地下室，结果就发现了好几箱没有拆封的瓷器，有瓷双耳三足香炉、军持、僧帽壶，有青花盆、碗，有斗彩瓶、罐等，当时小将们乒乒乓乓一阵砸，这些价值连城的珍宝十毁八九。据说有人趁乱拿了几件回家。我是在收古董时无意中听当年参与过此事的红卫兵讲的，从此后我一直在寻觅是否有库货遗存，没想到会在这儿发现，天意，天意哪。”

老者还说这只罐自1966年被从地下室取出后，从没用过，很可能放在箱子里，换句话说这罐500多年来还是第一次见阳光呢，所以依然像刚出窑的新货一样。

“如此说来，这铁定无疑是库货，是真家伙了？那该值多少？”齐三元连问了三个不该问的问题。

“好，看你也不是坏人，真人面前不说假话，这件瓷器按目前行情，一百万应该是值的。”

老者说时掩饰不住满脸的神采。

“应该让楚诗儒来听听，应该让楚诗儒与老者见见面，对对话。”齐三元以一种极复杂的心情说道。

但老者说：“免了免了。”

喝罢茶，老者飘然而去。

齐三元盯着老者的背影，叹服道：“法眼，真正的法眼啊！”

了悟禅师

自了悟禅师到海天禅寺后，海天禅寺的平静就被打破了。

僧人们无论如何都不明白，法眼方丈怎么会要求了悟禅师住下来，更不理解他为什么会容忍了悟的反常行为。

别的不说，这了悟自在海天禅寺住下后，竟从来没扫过一次地，从来没关过一次门。若轮到他值勤值夜，其他和尚总有些放心不下，为此，众僧都不甚喜欢这位新来的了悟禅师。俗话说“先进庙门三日大”，比了悟先进庙门的，自认为比他有资历，也就不把了悟放在眼里，时不时斥责他，骂他是懒和尚。了悟不气不恼，一笑了之。过了几天，众僧突然发现了悟在门口贴了一副对联，上联为“空门岂用关”；下联为“净土何须扫”。

众僧看得呆了，一时竟无法驳斥了悟的这种奇谈怪论。有人去禀报了法眼方丈。法眼方丈听闻后，微微颌首，面露赞许之色。他传下话去：“了悟对禅的理解，已非你辈皮相之见，好好向他学道吧。”僧人们都认为法眼方丈在袒护了悟，甚至认为方丈有私，多少有些不服。

法眼方丈终于向众僧们说出了压在心底的一件事：那就是

半年前的一个黄昏，他匆匆赶回海天禅寺时，因山雨刚止，河水暴涨，木桥已被冲毁，有一年轻山姑为无法过河正发愁呢。

法眼方丈见此，考虑再三，他卷起裤管，折一树枝，以树枝当手杖，一面探底，一边蹚过了河。法眼方丈想：男女授受不亲，僧人戒色首先要远离女色，自己这样做，既给她做了示范，又不犯寺规，也算尽到普度众生之责了。然而，那位山姑不知是没有领会法眼方丈的暗示，还是胆小，依然站在河对岸干着急。天渐渐暗了下来，一个山姑过不了河，那如何是好？这时，走来一其貌不扬的和尚，和尚上前向山姑施礼后，就抱着山姑过了河，和尚一过河即把山姑放下，此时满脸通红的山姑一脸羞色地向和尚道了谢。和尚说了声：“阿弥陀佛，善哉善哉！”就一声不响地继续赶路了。

法眼方丈忍不住上前问：“这位和尚，出家人应不近女色，你怎可抱一个姑娘呢？”那和尚哈哈大笑说：“我早把那姑娘放下了。你怎么反而老放不下呢。”法眼闻之大惭，始悟遇到得道高僧了，就极力邀请了悟禅师到海天禅寺住下。

这件事对法眼方丈震动很大，他深感了悟禅师道行深厚，有心好好观察，让之熟悉海天禅寺后，再作打算。

不久，清兵南下，发生了“扬州十日”“嘉定三屠”等惨烈之事，善男信女逃难的逃难，避灾的避灾，寺庙的香火一下冷落了许多。海天禅寺落入清兵之手是早晚的事，胆小的僧人离寺避到了乡下，了悟却天天在大殿念经打坐，仿佛不知大军压境之事。

一个阴霾之天，清军一位大胡子将军率军士冲进了寺庙，其他僧人全逃了避了，唯了悟禅师依然不慌不忙，不紧不慢地念他的经，对大胡子将军的到来熟视无睹。大胡子将军见这和尚竟敢如此蔑视自己，气不打一处来，厉声喝问：“好大的胆子，竟敢如此目无本将军，你知道不知道本将军杀人如刈草。”

了悟正眼也没瞧大胡子将军一眼，朗声回答说：“将军你大概还不知道寺庙中也有不惧死的和尚吧，既然死都不怕了，还有什么好怕的呢。”

本来大胡子将军想大开杀戒，一把火烧了寺庙，但听了了悟的回答，兀自一怔，却又不得不佩服这位僧人的豪气与胆识，考虑到佛门的影响，遂下令撤退。

海天禅寺就这样幸免于兵灾。

法眼方丈因此有了把方丈之位传给了悟的念头，了悟闻知后借口自己乃闲云野鹤，执意谢绝了法眼方丈的美意，终于又云游四海去了。临走时，他留下一偈语：“泥佛不渡水，金佛不渡炉，木佛不渡火，真佛内里坐。”

法眼方丈与众僧们都默默念着这偈语，各人参悟着。

误　墨

娄城三老翰墨展上，少长咸集，群贤毕至。

开幕式上，应众人之求，三老联袂挥毫献艺。赵老不假思索泼墨画出水上水下几许荷叶，中有荷花含苞待放，煞是喜人；钱老成竹在胸，只寥寥几笔，三两游鱼跃然纸上，一条条栩栩如生；孙老略一凝神，一株岸边杨柳迎风摇曳，婀娜多姿。

孙老画罢，回头对赵老、钱老的高足说："来，添一笔，助助兴。"

不知是不敢在班门前弄斧，还是中国文人固有的君子之风，几位门生都互相谦让着，谁也不肯轻易落墨。这时，一位名不见经传的后生毛遂自荐说："我来献丑!"不待应允，他从从容容拿起斗笔，饱蘸浓墨，跃跃欲试。

三老都不认识这位不速之客，但对他的勇敢精神倒颇嘉许。市美协头头想阻止，三老见之，摇摇手，何必扫年轻人的兴呢，且拭目以待吧。

或许众目睽睽之下，或许画面上已有荷有鱼有树，不好落笔，这位年轻人手执斗笔迟迟落笔不下。场上的气氛一时如凝住一般。突然，那饱蘸的浓墨滴了一滴下来，无情地落在画面上。“呀!”年轻人一声惊呼脱口而出。这轻轻的一声如冷水滴入沸油锅。

坏了坏了！一幅好好的画眼看就此毁了。且场面上，大煞风景！好几个人用愠怒的眼神瞅着这位不知天高地厚的年轻后生。

不期年轻人反倒镇定了，他审视误墨片刻，不慌不忙地在误墨上略作加工，好啊，那误墨竟化作一只半空振翅的翠鸟，简直补得天衣无缝，堪称大手笔。

画罢，年轻人轻轻地说：“惭愧，惭愧！贻笑大方。”

赞叹声啧啧四起。三老也对年轻人刮目相看，谓之“后生可畏”!

翌日，市报上赫然登出这位年轻人的照片，有篇报道对他大加赞扬，似乎他是翰墨展主角。

市美协头头很欣喜也很自责，欣喜的是发现了这样一位新秀，自责的是对这位新秀一无所知。他决定去登门拜访这位新秀。不巧，唯有一位耄耋老人在家，老人不言不语，进屋捧出一大叠满纸涂鸦的毛边纸、宣纸来。市美协头头翻着翻着，怀疑是否自己的眼睛出了毛病——他简直不能相信，所有的这一叠纸，几乎都画着翠鸟——从误墨中化出的翠鸟。

铸　剑

穹窿山是座好山，古树参天，浓荫蔽日，山泉清澈，飞瀑如练，有野兽出没，少居家人迹。

剑雄相中了这地方，认为穹窿山乃铸剑之好地方。他在山里搭茅庐，起炉灶，安营扎寨了下来。

剑雄这一生最大的心愿是铸成一把名剑，一把传世名剑。为了这个愿望，剑雄已访遍了中原的铸剑名家，踏遍了山山水水，最后落脚于穹窿山。他已认定穹窿山将是他的归宿之地，当然，自己人生辉煌的一笔也将在这里写成。

剑雄在铸剑界名声很响，找他铸剑的将军、侠士、官吏、盗贼，各色人等都有，剑雄能避则避，能推则推，他想，我岂能把生命耗费在铸一般的名剑上呢，他要铸就铸举世无双，剑界独尊的名剑。

剑雄在穹窿山一住就是十年，十年间他已铸了三把好剑，他命名为天灵、地宝、人杰，但他依然不满意，因为他试剑后，认为天灵太柔，霸气不足；地宝太刚，韧性不够；人杰刚柔相济，弹性而锋利，已有削铁如泥之功效。但剑雄总觉得还欠一把火候，到底哪一个环节还欠火候，他一时也说不清。

或许是剑雄的名气实在太大了，慕名寻访他的人最终还是知道了他隐居于穹窿山中，而当地的吴王正是好剑之人，他甚至愿拿城池与对方换名剑，现在听说中原最有名的铸剑高手到了自己管辖的穹窿山，真是喜出望外，立即派特使进山宣旨，要剑雄为其铸一把天下第一的名剑，限一年内完成，这一年内要钱有钱，要物有物，要人有人，剑成之日，还有赏赐。

剑雄的妻子对他说："这吴王好剑成瘾，你若为其铸成了天下第一的好剑，他还会让你活在这个世上吗？"

剑雄用长满老茧的手抚摸着妻子说："我何尝不知道啊，可这实在是个机会，所谓机不可失，时不再来。我要借此了却我一生的心愿。"

知夫莫若妻，妻子不再说什么，垂着泪走向了炉灶，拉起了风箱，炉膛内的火苗立时争相跳跃，一片雀跃之状。

经过九九八十一天的冶炼、锤打，剑已成形，接下来的磨剑是个耗人精力，耗人时间的活儿。

吴王已派特使来催了几次。剑雄只一句话："古人曰十年磨一剑，我才磨了一年不到，早着呢。真正的名剑哪有功夫不到就磨成的。"

妻子对剑雄说："剑已铸成，你愿已了。我俩速速远走高飞吧。要不然，必遭吴王毒手！"

剑雄平静地说："你以为我俩还能逃走吗？吴王乃一代奸雄，他能不预作防范吗？"

一年期限终于到了，吴王传下旨意，一天也不能再拖了。

献剑的日子终于到了。

吴王搞了个很隆重的献剑仪式，他要借此昭告天下，世间第一的名剑是剑雄专为他特铸、定铸的，传出去，这是何等的佳话啊。

剑雄在众目睽睽下，坦然上殿。

吴王问剑雄：此剑为何名也？

剑雄答曰：“我剑雄铸剑，须剑成方起剑名。只因大王太急了些，此剑尚有一缺憾，那就是剑身之花纹还少了点精气神。”

“什么？一把名剑少了精气神，那还称什么名剑。”吴王气得脸都变了色。

剑雄拔出剑来，让剑身在阳光下一闪一耀，他注视着剑刃，用两个手指夹住剑身慢慢划过，用很悲怆的语调说：“我立马给他精气神！”说罢，突然横过剑身，在脖子上用劲一抹，殷红的鲜血顿时喷涌而出，倒地前，剑雄用尽最后的力气吐出这样一句话：“我愿足矣！”

为了纪念这位一代铸剑大师，此剑被命名为“剑雄”。后世不少武林中人士曾踏破铁靴寻觅此剑，可惜无影无踪，此剑竟不知所终。

酒酿王

黄阿二的酒酿在古庙镇上老老少少都跷起大拇指，没有不说呱呱叫的。古庙镇人黄、王不分，大伙习惯喊黄阿二为“酒酿黄”，但听起来总像“酒酿王”，其实喊他酒酿王倒也不虚不谬。至少在古庙镇上，还没有谁做酒酿能做得过黄阿二的。

黄阿二做酒酿，不用大钵头，而是用小钵头。据说小钵头酒酿比大钵头酒酿难做，因此做酒酿小生意的，都习惯用大钵头，不敢轻易改用小钵头，单凭这一点，黄阿二就有别于其他做酒酿买卖的。

古庙镇人只要一听那吆喝就知道是“酒酿王”的酒酿来了。别人喊“酒酿——卖酒酿来——”，他喊“酒酿—— 小钵头甜酒酿来哉——”酒酿王的嗓音很浑厚，有一种穿透力，能穿过门墙，撞入人们的耳膜。一年四季，春夏秋冬，都能听到酒酿王的吆喝，他那极有韵味的吆喝可以说已成了古庙镇的一种文化风景，或者说是一种民俗。

古庙镇的人好吃酒酿有些年历史了，来了客，端碗酒酿小圆子，乃待客的一种，既不破费多少，也上得了台面，那些老吃客十有八九认准酒酿王的酒酿。据他们说，一上口就能吃出是不是酒酿王做的酒酿。每每这时，黄阿二脸上就浮现出一种满足来，一种得意来。用他的话说，有老吃客的这些评价，比吃人参还补。

酒酿王的酒酿在古庙镇只嫌少，不嫌多，从来只有买不到的日子，没有卖不掉的日子。但黄阿二坚持每天只做三十小钵头，一小钵头也不多做，从无例外。通常他九点钟骑了黄鱼车笃悠悠地走街串巷，一路骑过去，一路吆喝过去。黄阿二常说：他做酒酿买卖，一半是为了能吆喝上这几声。只要每日里这么吆喝一嗓子，通体舒畅。若待在家里只吃不做，不吆喝，不出一个月保管憋出病来。黄阿二的酒酿常常是不到吃中饭就卖光了。下午，他或茶馆里坐坐，或澡堂城泡泡。用黄阿二的话说：皮包水，水包皮乃人生的两大享受，神仙也不过如此。天长日久，他有了不少茶友、浴友，每日里聚在一起，聊起来没有啥话题避讳的。有位老茶友对他说："你的酒酿，牌子已做出了，生意这么好，何不多做点?"

"我只一双手。"黄阿二说了这话便再不多言。

有位浴友替他出主意说："那请一两个帮手嘛，你还可过过老板瘾呢。只要指点指点，指派指派，人又省力，钱又多赚，这等好事别人想觅也觅不来。"

黄阿二默默半晌后说："我这人命贱，自己不动手做，比死还难受。再说了，自己做放心。做好做坏，心里有底。"

黄阿二依然那样不多不少每日里做三十小钵头酒酿。他的酒酿总比别家的甜，比别家的香，比别家的酒酿汤多，也不知他是如何酿的。问他有啥诀窍，他搔搔头说："能有啥诀窍，凭良心做，凭经验做。"其他，他就实在说不出啥了。

黄阿二的酒酿不论斤不论两，论钵头的，一小钵头一卖，连钵头买也可，用锅用盆来倒回去也行。他的酒酿打出牌子不挑不拣，顺着摆放的次序拿，若要比比看，挑挑看，他就不卖。老主顾都知道，黄阿二的酒酿钵钵一样，无须挑挑拣拣的，否则，咋叫“酒酿王”。有时碰到孤老太孤老头，只要买一点点的，黄阿二就取出一把毛竹片刀来，把小钵头里的酒酿一划二，或一划四，你这次拿回家称是这分量，下回买，准仍是这分量，从无短斤缺两的。古庙镇的人都说：如今像黄阿二这样信得过的生意人越来越少。

有次，有一公司的总经理来找他定做五十小钵头酒酿，说有批上海客户慕他酒酿王的名，点名要吃他酿的小钵头酒酿。公司准备连钵头买，钱可以预付。

黄阿二说：“可以。但每天只有三十钵头，若要五十钵头只能分两天交货。”

那怎么行。公司总经理表示价钱上可以提高点。

谁知黄阿二说做五十钵头质量上就难保证了，只能一天三十钵头。要就要，不要拉倒，没啥商量的。

经理碰了一鼻头灰，心里一百个想不通，有钱不赚猪头三，这黄阿二死脑子一个。

黄阿二已六十出头了，他坚持从年初一做到年三十，一天也不歇，但一钵头也不肯多做，似乎多做了一钵头就会坏了质量，坏了名声。

听惯了黄阿二的吆喝，几回不听见，就有人问：“酒酿王这两天怎么没来?”往往这话还在耳边，那“酒酿——小钵头甜酒酿来哉——”的吆喝声就传来了。

最近，连着好几日未听到酒酿王的吆喝声了，仿佛生活中缺了什么。一打听，原来黄阿二病了。大家怪想念黄阿二的，几个老茶友、老浴友结伴前去看望他，进了门，大伙儿一起吆喝了一声："酒酿——小钵头甜酒酿来哉——"

黄阿二听后浑身一振，他撑起身来说："你们这一声吆喝，对我来说，比吃啥药都强，这不，毛病好了一半。"

此一时彼一时

塌方发生得很突然，就那么几分钟，阿胡子班长、大马、阿三头、阿温他们四个被堵在了采煤工作面。世界仿佛与他们隔绝了，在生命的最后时刻，上帝仅仅给了他们那可怜的十几个平方米的空间。吃的，没有；喝的，没有；空气，也越来越稀薄。

大马像绝望中的云豹，用铁铲发疯般挖着塌落下来的石块与煤屑。

“停下！快躺下，都给我躺下！谁再乱动乱嚷，我揍扁他的脑壳！”阿胡子班长一声断喝，大家乖乖地躺在了煤屑堆上。

四人中，阿胡子班长年龄最大，井下工龄最长，自然经验也最足。此时此境，不听他的听谁的。阿胡子班长要大家尽量少消耗体力，等待救援。四条汉子横七竖八地躺着，谁也不出声。矿灯已被阿胡子下令关了，里面一片漆黑。除了彼此能听到别人的呼吸声、叹息声与辗转反侧声外，一切的声响都隔绝了，这简直是个让人发疯的空间。只听阿三头带着哭腔说：“没戏唱了。八是发，四是死。咱四个，等死吧。”

死神似乎在逼近，至少感觉上是这样。阿胡子意识到如果这样下去，即使不饿死渴死，也会先精神崩溃，憋出毛病来。他故作满不在乎地说道："咱几个愁个屁，上面那些当官的才真急真愁哩。放心，只当在此面壁修炼几日，早晚会救我们出去的。来，说说心里话，假如大难不死，活着出去后最想干的事儿是什么？"

这话题把沉闷压抑的空气撕开了个口子。

大马来了劲。他说："矿灯房的阿菊，真太他妈的有女人味，大奶子大屁股，胖乎乎的，叫什么来着，性感，对，性感。凭什么办公室的'眼镜'搂着她跳舞。我要向'眼镜'挑战，追不到阿菊我他妈的不姓马！"大马好似忘了是堵在井下，情绪高高的，想入非非，享受着精神上的胜利。

阿三头为了结婚风光排场，从牙缝里抠了又抠，省了又省，他咂咂嘴说："早知小命玩儿完存什么鸟钱。我要是留着这吃饭的嘴巴出去，非把银行的钱全提出来不可，吃遍大饭店大宾馆，粤菜、川菜、湘菜、苏菜，统统尝个鲜，吃个遍。再美美地吃几顿西餐，什么肯德基、汉堡包、热狗冷狗的，外国佬吃的洋菜洋点也品味品味，咱当回美食家。钱，钱算什么？结婚搞虚排场有什么意思，哪有吃实惠……"

阿胡子听着听着突然冒出这样一句话："早知这样，吵什么吵。想想真傻，兄弟俩为几间破房子闹到打官司，真犯不着，生不带来，死不带去，争到了又怎么样呢。"阿胡子很后悔的口气。

常言道"人之将死，其言也善"。没想到冷锅里爆出个热栗子。一向温吞水般的阿温说出了石破天惊的话。"忍忍忍，忍到阎王殿啦。结婚以来忍到现在，没过上一天舒心日子。要是这回死里逃生，上井第一件事：离婚！反正死都死过一回了，还顾那面子干啥。佛争一炷香，人争一口气，我也是男子汉大丈夫嘛。”

阿温是出名的妻管严，在矿工中像他这样怕老婆的几乎找不出第二个。谁也没想到身处险境的他会说出这番轰轰烈烈的心里话来。

这样七扯八扯，竟忘了时间的消逝，直到声音渐渐低下去。

当阿胡子班长他们四人先后醒来时，发现已躺在了矿医院病床上。不久，四人康复出院。一切又都恢复了老样子——大马还是原来的大马；阿三头依旧早先那个样；阿温仍是先前那副窝囊相。没有人再提起井下的那些话，仿佛彼此都忘了一般，唯有阿胡子班长悄没声儿地去法院撤了诉。

天下第一桩

在娄城书画界，郑有樟是个怪人，他不藏字画不藏玉，不喜瓷器不喜陶，他只对那些似石非石，似木非木的硅化石感兴趣。他家里有一块不规则圆形的石台，其实是一段古柏的树干，只是因为在数千万年的演变中，树干的某些成分被硅酸盐所置换，才逐渐变硬，成了这种介于木与石之间的硅化石。那树的年轮清晰可辨，叩之有金石声，抚之有清凉感。

硅化石即便是小件，也沉甸甸的，决无轻浮之感。因为郑有樟的爱好奇特，娄城又不出硅化石，所以郑有樟在娄城收藏界露面不多，也谈不上有多少知名度。

一个偶然的机会，郑有樟从一个藏友嘴里得知，翰林弄的阮大头最近从安徽收到了一件好东西，号称“天下第一桩”。

郑有樟对树桩没啥兴趣，也没往心上去。

藏友见他如此，故意说道：“宝贝哪，少说也有六七千年历史了，已半成化石了。”

这话像生了翅膀似的，一下飞进了郑有樟的耳朵。他一把攥住藏友之手说：“走，去看看，马上就去。”

阮大头在娄城收藏界是另一个怪人，只要他看中的，砸锅卖铁他也会收下来，所以古玩市场上都叫他“冤大头”，后来真名反没人叫了。其实阮大头的学费早付够了，如今他精明着呢。

郑有樟一见那树桩，就惊叹了，天下竟有如此好东西。但见那树桩高 1.8 米，宽 1.2 米，因为上千年来被山泉湍流冲刷的缘故，那粗枝老根已被冲刷得百窍千孔，真可谓大洞套小洞，洞中有洞，有如天助般，借用了大自然这鬼斧神工的手艺，完成了一件透雕、深雕之作，真正是浑然天成，且在岁月变迁中，已有化石的性质了，但不像硅化石那样粗粝，可能是水流的作用，无论是大洞小洞，没一处不是温润滑溜，摸之手感极好。

郑有樟前看后看，左看右看，发现无论从哪个角度观之，都赏心悦目，更难得的是这香樟木桩香气扑鼻，且香得柔和、高雅，郑有樟凝视着这天下第一桩，不言不语，也不离去。

阮大头已看出了郑有樟的偏爱心思，不无得意地说：“我收藏几十年，这是我最得意的一件藏品，今后就是我的镇宅之宝喽！”

郑有樟从小缺木，所以取木“有樟”，偏偏自己藏品中有松硅化石、有桧硅化石、有银杏硅化石、有楠硅化石，就是没有樟硅化石。而今，这古樟化石出现在眼前，这不是缘又是什么？郑有樟下决心非把这天下第一桩弄到手不可。

他很诚意地对阮大头说：“君子本不夺人之爱，但我郑有樟既然命中注定有樟，岂能错过。您老成全我，割爱吧。你开个价，我郑有樟保证不会让您吃亏。”

阮大头一听，笑笑说：“想看，尽管看；想买，则免谈！再说就伤和气了。”

郑有樟就这样碰了个软钉子。

郑有樟不甘心，他实在太喜欢那天下第一桩了。以后的一段日子里，郑有樟吃饭想着这事，睡觉想着这事。想来想去被他想到了以物易物的主意。他打听到这阮大头搞收藏不在乎升值不升值，只在乎自己喜欢不喜欢。他突然想起前不久在浙江东阳见过一老艺人创作雕刻的水浒人物根雕，印象中也是香樟木的，那一百零八将栩栩如生，惟妙惟肖，据说已连续雕刻好多年了。对，买下来，送给阮大头，他八成会喜欢的。

事不迟疑，郑有樟第二天就开了小车赶到浙江那老艺人家，好说歹说，花了大价钱把那根雕买了下来，雇卡车运回了娄城。

果然不出郑有樟所料，阮大头一眼就相中了这大型根雕作品，请郑有樟爽快出价。

郑有樟很坦率地说："明人不说暗话，我只想换你的树桩。"

阮大头没想到郑有樟来这一手，有点不快地说："肯卖，价钱好商量；不肯卖，你抬走吧。"

郑有樟也没想到阮大头如此固执，悻悻而回。

藏友见郑有樟愁眉苦脸的，知道他还惦着那天下第一桩，就给他出主意。

藏友甲说："阮大头的独生女今年 26 岁了，还没嫁人，干脆有樟兄娶了她算了，条件嘛，非天下第一桩做嫁妆不要……"

"缺德缺德，婚姻不是儿戏啊。"郑有樟一票否决。

藏友乙说："派人冒充算命先生，凭三寸不烂之舌，说动他心甘情愿出手……"

"损、损、损，骗他老人家，于心何忍。"郑有樟依然不同意。

藏友丙说："那你干脆跪在阮大头面前，求他，不怕他铁石心肠。"

"你们怎么尽是馊主意，难道就想不出一个金点子？"郑有樟脸色凝重了起来。

郑有樟突然失踪了一[illegible]时间，后来，藏友们才知道，他去了安徽，去调查了解这[illegible]第一桩的来历，他还翻阅了当地的地方志，回来后窝在家[illegible]写了篇《流传有序的天下第一桩》。据郑有樟考证：此树[illegible]在南宋末年一次山洪暴发后冲下山来的，先为安徽著名的[illegible]古斋收进，后为画家闵双城收藏；元代时为贵族王孙铁木[illegible]收藏；明代时，在安徽布政使及大收藏家华佰裘等多人手[illegible]藏；清代时，在桐城露过面，后来就不知去向，直到一百[illegible]年后的最近，才重现江湖。郑有樟还收集了明代至清初有[illegible]咏此桩的诗文。

郑有樟把[illegible]篇考证文章打印后，交给阮大头斧正。

阮大头[illegible]到郑有樟对这天下第一桩有如此感情，做如此有心人，[illegible]感动，他拉着郑有樟说："来，我俩在天下第一桩前留个[illegible]。"

三[illegible]，阮大头打电话给郑有樟说："啥话别说，你来把天下第[illegible]桩搬走吧。"

[illegible]有樟去搬天下第一桩时，他特地沐浴焚香，极是虔诚，出[illegible]屋前，还点了鞭炮、放了高升呢。

当时人群中说啥的都有，有说"神经病"的；有说"作[illegible]"；有说"文人怪癖"的……

郑有樟一点不恼，他乐呵呵地说："我权当补药吃。"

怪人言先生

古庙镇是娄城最古老的一个乡镇，早先仅一条街，用很俗的当地土话形容，就是一场尿，从镇东梢尿到镇西梢还尿不完。这当然是说笑话。

因其小，镇上有谁不认识谁呢。

说起来言先生算是个小镇名人。他的出名开始是因为他能写一手龙飞凤舞的毛笔字。逢年过节，婚丧喜事，常有人来求他写个对、写个联，他也总是来者不拒。你有酬谢，他写；你没有酬谢，他也照写。

待他退休后，言先生突然有了个怪脾气，婚事上的，随你双喜字、喜联、贺联，送新人条幅，他有求必应。丧事上的“奠”字，以及挽联等，对不起，他一概不写了，而且他还定出一条规矩，广而告之：凡喜事，有求必到，不请也到；凡丧事，一律不到，至亲好友，一视同仁。

这不是有点不近情理吗，他能做到吗？

这言先生竟然言出必行，不折不扣地做到了。最典型的是他学校的老校长病故了，镇中学的现任教师、退休教师能到的几乎全到了，唯他礼到人不到。校长在小镇上怎么说也是德高望重，他却我行我素。

言先生不写挽联，不参加追悼会，惹得小镇人背后风言风语说了他不少难听话，他全不在意。

还有怪事呢，他女儿谈了个朋友，是市里老干部局的，小伙子长得蛮帅，大学毕业生，又是党员，前途很是看好。可言先生就是不同意这门亲事。要说原因，笑歪你嘴，他说这老干部局一年当中要无数次跑病房看望生病的老干部；好多次跑殡仪馆，为病故的老干部开追悼会送终，不行，不行，这工作没一点朝气，我女儿不能嫁这样的小伙子，硬生生被他搅得散了伙。最有意思的是，自他退休后，他一改以前衣着朴素的老习惯，喜欢起了红色的衣服，衬衫红色的，羊毛衫红色的，内裤红色的，外套红色的。古庙镇是个传统小镇，谁见过一个花甲年纪的人穿得里外全红，这太引人注目了。说得难听些，小镇人把他当作老妖怪看，可他自我感觉甚好。冬天的时候，他不知从哪儿买到了一顶那些画家爱戴的荷叶帽，竟然也是红色的，红贡呢的。只要他一出门，没有人不朝他看的，背后指指戳戳的。有人怀疑这言先生是否老伴死得早，一个人过得太孤独，脑子出了啥毛病。

因言先生的人品向来不错，退休后他的某些出格举动，镇上人也就眼开眼闭。反正是他自己的事，影响不了别人啥。

小镇人真正看不下去是最近的事。这言先生到娄城儿子处住了一阵后，突然又在小镇上出现了，令人不可思议的是这回身边多了一位女性，四十多岁，一副风韵犹存的样子。这女的竟然在小镇的街上，大庭广众地挽着言先生的手臂逛街，完全是旁若无人的气派。这有点让那些老派的小镇人觉得言先生这回做得太过了。假若是年轻人如此，那倒也罢了。你言先生花甲年纪已过，反倒活过去了，这不是应了小镇上的土话“年纪活在狗身上了”。

“老不要脸的！”有人在他背后啐了一口。

更吃惊的事还在后头，前不久，言先生书写了大红请柬，凡熟识的一家家发。原来他要与那位岑女士结为连理，他将在小镇上最上档次的三阳饭店摆喜宴，并言明一律不收礼。

不知小镇上人是少见多怪，还是对言先生的行为不满，他结婚那天，前来祝贺的人寥寥无几，有点尴尬。言先生一点也不恼，马上用脸盆装了一盆喜糖，到饭店门口免费派送，还大声叫着：“见者有份，同沐喜庆。”他见来抢糖的很多，干脆对大家说：“见面即为有缘人，同喜同喜，喜宴我请，谢谢光临。”不一会儿，坐足坐满，结果还临时加了两桌。成了古庙镇历史上最热闹的一次喜宴，让小镇人饭后茶余嚼了好一阵呢。

喜宴后，言先生搬到城里去住了。

言先生走后，小镇人有些失落，那些没去喜宴捧场的还真有点后悔呢。

剃头阿六

常言道："荒年饿不死手艺人。"这不，剃头阿六依然挑着剃头担走街串乡。此时是一九四二年。

那天，田爷突然想起明天是自己六十大寿的日子，虽说年景不好，兵荒马乱的，但人生满一花甲毕竟是大事。祝寿是谈不上了，拾掇拾掇头发，也算自己对得起自己。于是，田爷决定剃头修面。

正在这时，剃头阿六走进了这篇故事。

田爷对这位剃头匠的手艺打着问号。他试探性地问："师傅会哪几种发式？"

剃头阿六一指剃头担，但见一方泛黄的白布上书有"童叟无欺，保君满意"。并自言自语云："虽云毫末技术，却是顶上功夫。"

嗬，口气倒不小。田爷插了一句："倘若不满意呢？"

"砸我担！"剃头阿六干脆得一刮两响。

这年月，剃头的能混个肚子圆就上上大吉了。一个乡下剃头佬，如此大言不惭，莫非真有本事，能使人耳目一新？

剃头阿六很快进入角色，真正是一丝不苟。正理着，突然

“嘡、嘡、嘡”的大锣声急骤响起。不好，小日本鬼子的飞机来了。不一会，哭爷的喊娘的，鸡飞狗跳，猪嚎驴叫，逃的逃躲的躲，整个村庄乱了套。

田爷急煞，顾不得半截子阴阳头，起身欲走。剃头阿六不由分说，一把按住，说：“慌啥，还没完。这模样，算你自己丑还算我丑?”

天哪！炸弹跟屁股后就来了，性命保不保都天知道，还剃什么头，真是的。田爷死活不肯再剃，再三表示剃头钱决不少一个子儿。

剃头阿六仿佛受了极大侮辱似的，拿起一把磨得锃光锃亮的剃须刀在田爷面前晃了晃说：“莫动，莫嚷。割了喉咙莫怨我手艺不精!”

由于那把明晃晃的剃须刀，令田爷不敢再动弹，只是浑身上下筛糠般抖个不停。“轰！轰……”日本人的炸弹在村头炸响了。

田爷吓出一身冷汗，头皮也湿得有水淌下。剃头阿六顾自剃头，一点不在乎可能出现的危险，仿佛压根儿没听见炸弹的爆炸声，没看见村庄里乱糟糟一片逃难景象。

终于，剃头阿六收起了剃须刀，取出一面破旧的镜子给田爷照看，嘴里说：“满意不满意在你，手艺绝不马虎在我。”

田爷哪有心思照镜子，急欲付钱开溜。就在这当儿，飞机的呼啸声近了，炸弹从天而降。弹片击中剃头佬后背，血染红了他整个背脊。田爷抱着血人般的剃头佬不知所措。

剃头阿六死死盯着田爷，断断续续地说：“如、如不满、满意，可以不、不给钱。”

田爷连连说道：“满意，真的很满意……”

可惜剃头佬永远听不见了。

再年轻一次

对妻子的死，陶也明并不感到突然，他已欲哭无泪。

妻子患的是癌，查出时已是晚期了。

他木然而坐，不言不语。昔日的那种遇事不慌不乱，指挥若定的气度不知跑到哪儿去了，憔悴得仿佛变了一个人。

幸好矿办公室副主任黄杏红出面张罗他妻子的后事，大小事情安排得滴水不漏，真难为了她。

这女人工作能力真强，陶也明暗自想道。他没说谢，但他心里深深地感激黄杏红，尽管黄杏红揽手这事是代表组织出面的。

妻子死后，陶也明的生活平静了，平静得寡淡。妻子住院时，他要上医院探望，要托人弄药，要设法弄些适合病人吃的食品，要接待上门上病房探望的各种各样的人……现在，至少这摊子事没了。有时平静并不是好事，近来，他感到有一种不太妙的预感，到底是什么，他还未捕捉住。

只是过了好几个月后，才通过曲里拐弯的渠道，传到了他的耳朵里。传闻是可怕的——说他忘了年岁，竟然动起了黄杏红的脑筋。当然，也有说是黄杏红在诱惑他的。

黄杏红三十好几了。有人说："姓黄的为什么迟迟不结婚，原来谜底在这儿。说不定两人早有私情了……"不知是谁最先传的，反正越传越离谱。

陶也明跌坐在沙发上，他万万没想到会有这种流言。检点平日言行，与黄杏红除了工作上的接触外，并无什么出格的呀。尽管自己对她的印象一直不错。再说，自己五十五了，整整相差了十几岁，怎么可能呢。

真真委屈了黄杏红，她毕竟是个女同志。不知她是否知道那些沸沸扬扬的传言？陶也明心里很不是个味，心里觉得一百个愧对黄杏红。

辟谣？——不，这太蠢了。人们会说这是要"此地无银三百两"的把戏。

把黄杏红调离办公室，隔断接触？——更不行！他为自己突然有这种想法而惭愧而内疚，黄杏红工作干得好好的，你有什么理由调离她？

黄杏红来找陶也明了。她默默地站在矿长办公桌前，眼神里似乎有一种哀怨。

陶也明知道她必有要事找他。他想问，又不敢问，只无声无言地看着黄杏红。眼前的这位办公室副主任，已过了女人的黄金年龄，不过那种丰满、那种成熟、那种气质、那种风度，又似乎比少女更具魅力。

黄杏红终于掏出了一份东西，郑重地放在了陶也明面前，是一份请调报告。

请调的理由简单又简单——"我待不下去了！"

为什么待不下去，她没说——这还用说吗？

"我知道你很委屈。我很想帮助你……如果你一定要走……不过，也许你的决定是对的。人言确实可畏啊！"陶也明长长地叹了口气。

突然，黄杏红哭了起来，仿佛一肚子的委屈要倾倒出来。陶也明有点不知所措了。他笨手笨脚地掏了块手帕走过去想劝她不要哭。正这时，有人推门进来。当他回转身，推门者已无影无踪了，也不知是谁。

陶也明为此有了心病。

果然，又一阵风刮遍科室，这回言之凿凿，说是陶也明在办公室调戏黄杏红，黄杏红哭得眼都肿了。

矿纪委书记悄悄地找黄杏红了解情况。

黄杏红吃惊、愤怒。郁积在心头的那股气猛地冲泻而出："陶矿长死了爱人就不能再恋爱再结婚吗？难道我连谈恋爱嫁人的自由也没有了？就算我们两个谈上了，要结婚了，又有什么不可以的呢……"

"噢，好事好事！我们等着吃糖呢。你消消火。你这一说，事情不就清楚了。"纪委书记马上转了口。

有几个先得到风声的科室闻风而动，凑起了份子，准备在矿长大喜日子送礼呢。

陶也明烦躁得直想摔东西。这是怎么回事呀？

他知道自己不是那种柳下惠坐怀不乱的角色。自从黄杏红被舆论与自己牵扯到一块后，这形象终于闯进了他的心底他的生活。

黄杏红叩开了陶也明家的门。陶也明很吃惊她的来到，把她请进屋却不敢关门。

两人相对而坐，相对而视。终于，黄杏红红着脸说："我反复想了好久了，我们结婚吧。"

陶也明感到有一股青春的血在脉管里奔涌，但他冷静得很快，"我老了，你还年轻——"

“再年轻一次嘛!”

再年轻一次！多大的诱惑啊!

陶也明决定了：再年轻一次!

刹那间，他觉得自己有了使不完的力量，青春仿佛重新回到了他身上。

寻　找

阿新发誓一定要把它找到，就是不吃饭不睡觉也要找到，非找到不可。

可它到底在哪儿呢？难道它生了脚、生了腿自己跑了，自己藏了？真真是出鬼了，竟然找遍天，找不到，影踪儿不见，声音儿全无，真怪。

阿新想想自己就这一方天地，就那么几件东西，找不到完全没有理由呀。无论从哪点分析，都应该在的，都应该一找就找到的。

阿新常自诩“大伏天穿丝棉袄不出汗”的，可这回，汗早湿透了衬衣。一种莫名的燥热从每个毛孔里渗出……

找，再找！天下无难事，只怕有心人。下定决心，就是掘地三尺也要找出来。于是阿新满世界找、找、找。阿新瞪大了眼，竖起了耳，手不停脑不停，把屋里能找的，每一个旮旮旯旯全找遍了，仍一丝一毫屑粒儿不见。

难道真找不到了？不，不可能的。

阿新终于精疲力竭，他软软地瘫在床上。两只眼呆呆地望着天花板。天花板刷得白白的，什么也没有，什么也看不见，但阿新依然死死盯着惨白的天花板，似乎想从中看出点什么蛛丝马迹。

门，突然打开，妻子惊呼起来。她能不惊呼吗？屋里被翻得狼藉一片，疑似遭了强盗。

“你找什么？”

妻子厉声喝道。

阿新在这一声断喝下，一个激灵回过神来。

是呀，我在找什么？

他茫然地望着妻子，半晌，像回答妻子又像问自己：“我在找什么呀？”

刚才不是还很明确，怎么找着找着就忘了。咳，一切都那么遥远，一切又那么现实，但阿新无论如何想不出自己苦苦寻找的到底是什么。

“我找过了！”阿新自嘲自解且聊以自慰。

拖　鞋

阿浓外号“拖鞋”。

说起这“拖鞋”的外号，还有段来历呢。

阿浓人缘好，朋友多。新房装潢、布置，全是小兄弟帮忙。阿浓结婚那天，来的人摩肩接踵，用上海话说：新房里挤得蟹也爬不进一只。

新婚翌日，阿浓妻子小洁买回了六双拖鞋，放在门口，她向阿浓约法三章：从即日起所有进房者一律换拖鞋方能入内……

阿浓颇为难，他不少朋友大大咧咧，随便惯了。这，叫他如何向朋友讲呢。但他太爱小洁，不愿让小洁扫兴，不愿破坏那种温馨甜蜜的新婚气氛。他照办了。

阿浓的朋友很知趣，一见门口那一溜拖鞋，都识相地脱鞋换鞋，无须阿浓关照打招呼。不过有几个相熟的有时会半真半假来几句，诸如：“阿浓，拿吸尘器来吸一吸，让我身上清爽得彻底点。”“阿浓，你家准备评三星级啊?”“阿浓，我脱出来脚臭，来点法国香水喷喷”……

阿浓只好这只耳朵进，那只耳朵出，或者干脆当补药吃。

有几次，阿浓朋友来，一见那齐齐整整摆着的拖鞋，连忙收住那本欲跨进门的脚，立在门口匆匆说几句就“拜拜”了。

阿浓觉得很对不起朋友。一头是朋友，一头是小洁，阿浓好为难。

来阿浓家的朋友渐渐少了，阿浓内心好似欠了朋友什么似的。

有次，小洁出差不在家，阿浓邀了几个朋友来家小聚，似乎意在弥补什么。朋友们一出现在门口，阿浓就说：“算了算了，不换拖鞋了。”

朋友们一愣，随即明白过来。大家因此很随便，尽兴而散，留下狼藉一片的房间。

等朋友走后，阿浓又是扫又是拖，还用了吸尘器，折腾了好一阵，才把所有的痕迹清扫干净。

干净真好！阿浓想。

谁知小洁回来后还是发现了有人未换拖鞋进来。阿浓自然大做检讨。

自这后，凡有朋友来，阿浓总是先打招呼：“帮帮忙，换一换拖鞋。”“不好意思”“对不起”……

也不知是哪个最先叫的，见阿浓过来，喊了声：“‘拖鞋’来了。”自此以后，“拖鞋”这个外号竟叫开了，叫他阿浓的倒少了。

阿浓怀念没有拖鞋的日子，阿浓也很欣赏有了拖鞋的家。

阿浓几次想与小洁谈谈拖鞋的问题，但小洁柔柔一吻，即把阿浓所有的话都化解了。罢了罢了，其实小洁没错，小洁也是为了这个家呀。只是——叫阿浓说什么好呢，他好几次望着门口的拖鞋发愣。

血色苍茫的黄昏

残阳如血，田野苍茫。

闷热复闷热，晚风不知匿藏到了何处，树梢儿蔫蔫的，连聒噪不已的鸣蝉也无力吟唱，只偶尔能听到城外一两声凄凄厉厉的鸦叫，一种不祥的氛围罩着古老的娄城。

——是年，清顺二年闰六月，清兵围城已愈三日，围而不攻，蓄势以待。假如到太阳落山，娄城依然不开城门迎降，那么，攻城则势不可免，一场血战就在眼前。

清兵最后通牒的最后一行字“若攻城而入，无论老幼，格杀毋论”，这像一把达摩克利斯之剑悬在了娄城百姓头上。

此时，州衙门内外已乱成一锅粥。两派意见相左，各不相让。

抗清派慷慨激昂：身为大明人，死为大明鬼！堂堂大明子民岂能屈膝事蛮夷，士可杀而不可辱，大丈夫死也要死得烈烈轰轰……

拼！拼他个玉石俱焚，鱼死网破。死也不做亡国奴！——呼应者个个视死如归，置生命于度外。

降清派则苦口婆心晓以厉害：史可法乃一代将帅之才，率精兵精甲尚且抗不住锋芒毕露的清兵，娄城一弹丸小城，请问靠何拒敌于城门之外？扬州十日，尸横街头，血流成河，其情之悲，其状之烈，惨绝人寰，令人发指。前车之辙，后车之鉴。眼下，大军压境，黑云压城，覆巢之下，焉有完卵，务请三思而后行。明知不可为而为之，何苦呢，尔等以一死博个慷慨多奇节，青史名留，娄城百姓呢？千万不能再犹豫了……

——那声音带着嘶哑带着哭腔。

天平的一头是名节，一头是万余人的性命，孰轻孰重，决策者反复掂量，仍难以决断。

时间已越来越紧迫。此时此际，人们的眼光一齐集中在了尤竹庄身上。尤竹庄是有名的大诗人，又曾为朝廷命官，在娄城自然是德高望重的前辈，他的话不说一言九鼎，至少举足轻重。

尤竹庄已这样默坐不睡三天三夜。这会，他微闭着眼，沉吟不语，但细心的人，可观察到他的面部肌肉在微微颤抖。

终于，他睁开眼，缓缓说道："弘光帝已被清兵所执，明王朝雪上加霜。我辈曾深受皇恩，本当为皇上歌哭，为皇上尽忠，然尽忠易保民难。清廷已下剃发令，违者杀无赦。环顾江南各州，或降或抗。降者历史罪人，将万劫不复，然百姓可幸免杀戮；抗者令人肃然起敬，完节完名，不枉一死，然百姓因此生灵涂炭。唉，难啊，看来鱼与熊掌无法兼得。为求名节，置满城百姓生命于不顾，我于心何忍……"

"还有一炷香时辰，清兵要攻城了！"

——有兵士急急来报。

"娄城不能重蹈覆辙。开城门！——一切罪孽，一切干系全由我来承担！"尤竹庄言罢，泪如雨下。

当盛夏落日那血色的最后一抹余晖即将隐去之际，尤竹庄痛苦万分地开城门投降。

翌日，清将来找尤竹庄商议安民之计，不料尤竹庄已自缢于其宅第。他留下遗嘱云：“吾晚节有亏，唯一死以谢天下，无颜见列祖列宗，毋忘以白布覆吾脸，吾不配以明服陪葬，也不愿以清服下殓，可殓以僧服，葬吾于娄江之侧，墓前一圆石，题曰诗人尤竹庄之墓即可，勿作祠堂，勿乞铭于人，切切此记!”

一枚古钱币

明明的爷爷从台湾回到古庙镇探亲，恰好明明十岁生日。他对明明讲："爷爷准备送样生日礼物给你。你想想看，是要游戏机还是照相机或者其他东西，爷爷一定满足你。"

明明说："老师讲小孩子不能要人家的东西。"

爷爷发现明明的眼光在他裤腰钥匙串那枚铜钱上打转，心里似乎明白了什么。就取下那枚铜钱说："明明，爷爷把这枚铜钱给你，这可以压邪，有许多年头了，属于文物，好好保存，不要弄丢了。"

明明谢过爷爷，抚弄着那枚铜钱，爱不释手。

这枚古铜钱比一般的铜钱要大得多，当中一方孔，一面无字无图案，一面有四个隶书，可惜明明只认识一个"大"字，其余三字还没教过，明明识不得，但这无关紧要，要紧的是明明拥有了这样一枚硕大无比的古铜钱。小朋友手中谁有比这更大的？仅此一点，就足以让明明宝贝得跟什么似的。

明明兴冲冲来到亮亮家。他要与亮亮收藏的几枚古钱币比一比，到底谁的大，谁的好？

亮亮的父亲正好进来，他一见明明这枚古钱币上的"大唐镇库”四个古朴的隶书，眼也直了。他只在《历代古钱图说》上见过介绍，知道这是枚珍品中的珍品。

亮亮父亲对明明说：“明明，伯伯想买下你这枚钱币，怎么样？”

“不卖！”明明一点余地也不给。

“那么交换，可以不可以呢？伯伯家的钱币你尽管拿。”

“不，这是爷爷给我的生日礼物，我不能换掉的。”

古庙镇发现“大唐镇库”珍稀古钱币的消息通过曲曲拐拐的渠道，传到了市里古钱币收藏者以及古钱币贩子耳朵里。有人专程寻访到古庙镇来，还带了“小霸王”游戏机，想以此换取明明手里的那枚古钱币。

明明干干脆脆两个字：“不换！”

后来有人直接找到明明爸爸妈妈攻堡垒，价钱越开越大。

明明还是两个字：“不卖！”

有个古钱币贩子已是第三次到古庙镇，一副志在必得的样子。这次他带了两万元现钞，他不信这么多钱打动不了明明父母的心。

明明父母确实动心了。两万元虽然不是天文数字，但凭他们夫妻俩正常的工资奖金收入，要积攒这两万元，谈何容易。有了这两万元，这个家岂不可以鸟枪换炮了？再说这古钱币不能用不能吃，放着也是放着，倒不如换了这两万元实实在在。

主意已定，明明爸爸妈妈就来做明明的工作。

明明说：“不听不听不听。两万元换我这古钱币，没门儿！”

钱币贩子以为明明嫌钱少，拍拍明明肩膀说：“好小子，有商业头脑。小小年纪，心就这么黑，有种！好，我愿再加点钱，你开个价。”

明明气坏了，他冷冷地说：“这是爷爷给我的生日纪念品，我怎么能换掉卖掉，给金山银山也不能换不能卖。爷爷这份情是无价的，无价的你懂不懂?”

古钱币贩子一时不知怎么回答才好。明明爸爸妈妈也面有羞色。

大师的秘诀

放眼当今文坛，专写武侠小说的有梁羽生、金庸、古龙、温瑞安等诸位大师；专写言情小说的有琼瑶、亦舒等名家，至于一流之下，二流三流写手更是不胜枚举。然而，兼写武侠与言情，集侠骨与柔情于一身，且两个领域各有建树，能自称一流不脸红的又有几人呢？

细觅之，高宽鼎大概堪称代表人物，属武侠言情双丰收的佼佼者。据说其自步入文坛以来，已发表武侠小说十八部，被评论界誉之为“侠不失情，情中有侠”。不久前，有一篇评论干脆称他的书为武侠言情小说，冠于他“武侠言情小说大师”称号。

树大招风，风必折之。自高宽鼎名列大师之位后，流言渐起，谤言四传。

高宽鼎不做任何解释，这使得小道消息越发有了市场。

突然，一条新闻爆出：高宽鼎将宣布金盆洗手，从此告别文坛。为答谢多年来读者对其厚爱，决定毫无保留当众公开其写作秘诀。

高宽鼎此消息经过舆论传媒披露后，使不少读者大感兴趣，尤其是文学青年更是逢人即打听：高宽鼎大师何时何地公布其写作秘诀？然而，没人知晓。

又过几日，海报满城。大意是因要求一睹大师风采，亲聆教诲之人太多，难以接待。为让大师的真正崇拜者、热爱者能不错失良机，决定听课者须携带高宽鼎大师的全套著作，以表明身份，权作代表进门之凭证……

这一招果然灵验。不几日，竟把各新华书店各书摊署名为高宽鼎的所有书籍一扫而光。

大师讲课那天，但见男男女女、老老少少，或捧或拎，无不携书而至，成为少有之景观。

千盼万盼中，大师终于出场。

——喂喂喂，是否搞错了？这么个其貌不扬的干瘪老头竟就是名震文坛的高宽鼎大师？

见者无不目瞪口呆，大失所望。

就凭他这熊样，能身怀绝技，武功超群？就凭他这窝囊相，能有催人泪下的爱情？

笑话！笑话！天大的笑话！

大师终于开口了。

——诸位，请记住中国有句老话“人不可貌相，海水不可斗量”。

——诸位，先告诉你们一个小秘密：不懂武功的人才能虚构出最迷人、感人的绝世武功；没有爱情的人才能想象出最动人、感人的旷世情爱。

李白未去过蜀道，却写出了脍炙人口、名传遐迩的《蜀道难》；范仲淹未登临过岳阳楼，却写出了千古传诵的名篇《岳阳楼记》，何也？一言以蔽之：想象力！

“哗——”掌声四起。

掌声潮水般过后，大师又侃侃而谈："古人曰'文无定法'，斯言极是。然，无定法不等于无规律。规律往往隐于事物之后，就看你能否找出来。据讲国外有个工程师去检查一台机器的故障，他只看一看，听一听，在机器上画一条线，工人按他画的线，马上找出了机器的毛病，修好了机器。老板觉得这么容易查出毛病，却花了这么多钱，太冤。工程师知道后说："画这一条线，值一块钱；知道这条线画在这里，值一万元。"

——诸位，肉归大碗，言归正传，下面我要告知听上去似乎一钱不值的写作秘诀。

高宽鼎大师把他的创作秘诀用板书形式写在了黑板上。

言情小说写作法：

A. 一英俊青年邂逅一妙龄靓女，一见钟情。或是男方或是女方有一方不同意（原因可有种种）——此为第一波折。

B. 两人生死相许，终于感动上帝，反对者勉强同意这桩婚事，正光明灿烂时，男方或女方突然发生意外（或车祸或破产或官司或绑架）——此为第二波折。

C. 经过种种磨难，总算柳暗花明，阴影消散。正当两人欲永结秦晋之好时，不料节外生枝，冒出了或男方或女方的前恋人或前夫、前妻之类的人物，于是好事被搅——此为第三波折。大师自评：所谓一波三折乃言情小说之基本规律，波折即变化，如何变化，其实万变不离其宗，即眼看要成了，又不成了；眼看没希望了，又生出新希望。如此成，不成；不成，又成，一折又一折。名堂任你想，花头任你玩，想象力越丰富，篇幅就拉得越长。当然，要适可而止。因为要考虑读者的阅读耐心。最后，可来一个中国式传统的大团圆结局（即有情人终成眷属），或西方式的悲剧结尾（即此恨绵绵无绝期）。

只听得台下"唰唰唰"一片笔记声，不敢有其他杂响，连咳嗽、放屁都压到了最小分贝。

武侠小说写作法：

A. 主线——制造出一个贯穿全书的中心道具（或武术秘籍或秘藏财宝或千古名剑名刀之类），然后围绕争夺这东西展开武抢智夺，开始可以二龙戏珠，双方争抢；发展下去变三国鼎立，各不相让；再演化下去，成四大家族；如果还嫌不热闹，还嫌篇幅不长，还可以来个五虎争斗，六亲不认，七雄争霸，八仙过海，九死一生。请牢记：务必山外有山，天外有天，一个比一个武功高强。你有你的法门，我有我的绝招。武术之道相生相克，相克相生。在演绎过程中，人物设计要好人坏人各半，且坏人变好人，好人变坏人。云谲波诡，扑朔迷离。

B. 副线——恩怨。家族的恩怨，门派的仇恨，或杀父之仇要报，或灭师之敌要除，或夺妻之恨要雪；或师恩欲报，或友情难舍，总之，恩中有怨，怨中有恩，相辅相成，割不断，理还乱。通常上代有生死之仇，后辈却男欢女爱。演绎家族仇恨，门派分歧，力求情节之中有情节，悬念之后有悬念，曲曲拐拐，错综复杂。

C. 副线——爱情，永恒的素材。不一定三角四角恋爱。但一般遵循这样一条规律方可出戏：你爱他，他不爱你；你不爱他，他偏爱你。这样，情节就有味有趣有意思有看头了，就能抓住读者的阅读兴趣，就能叩动读者的心扉。

D. 结局——因所谓秘籍、财宝、名剑等本子虚乌有，所以结末，多数一无所有。所谓收获，大抵或彻底悟道，或遁入空门，或爱情之果……所谓失之东隅，收之桑榆也。

掌声如雷如潮。

此后，高宽鼎大师从文坛销声匿迹。

此后不久，自称“小高宽鼎”“高宽鼎第二”“高宽鼎嫡传门生”“高宽鼎真传弟子”“正宗高宽鼎学生”等写的各类新武侠小说、新言情小说、新武侠言情小说充斥于大大小小的书摊。

文坛似乎越发兴盛了起来。

永远的箫声

月色淡淡，星光淡淡，所谓月朦胧鸟朦胧的时候——一个很美的夜晚。更美的是，河对岸又传来了委婉动人的箫声。箫声缓缓地传来，听得出，今晚的吹箫人心境很平和，吹得从容不迫，吹得抒情而轻快，那箫声因了河水的滋润，越发有一种沁人心脾的感染力。

何箫箫放下了手中的书，听得如醉如痴。这吹箫人是何许人呢？

她转弯抹角问过多人，所有的回答都没能使她满意，或者说所有的回答都没能明确告诉她吹箫人是男是女，是老是少。

也许是个像《红楼梦》中黛玉那样的女子吧；也许是个退休的老人，借箫寄情，打发那长长的寂寞；也许，不，应该是个年轻人，要不，哪能吹得如此美妙，如此震颤心弦？

这吹箫人也真怪，每到天一擦黑，那箫声就从河对岸不请自来，几乎从没间隔。那箫声既不哀怨，也不热烈，好像只是在倾诉什么。何箫箫不敢说自己是知音，不敢说自己从箫声中听懂了什么，但她感受到似乎吹箫者在传达心中的一种秘密。

倘若哪一晚对岸的箫声无缘无故沉默了，何箫箫会觉得怅然若失。失去什么，她也说不清。

难道自己喜欢上了吹箫人？在何箫箫的想象中，这位吹箫人一定很痴情很古典，一定有很深的文化底子……

后来，想一睹吹箫人的真容成了何箫箫心里的一个结。有几次，黄昏后，她有意无意地沿着河边走向远处的大桥，当她到了对岸，循着箫声找啊找啊，终于找到那幢楼时，她又没有勇气上去，生怕惊破了一个美丽的梦，于是，又慢慢地回到了河的这边。

再后来，她出国留学了。她离开了河边，离开了家乡。她，再也听不到那低沉而悠扬的箫声了。远在异国他乡的她，耳畔常常回响起那熟悉的箫声。箫声，成了她永远的回忆。

何箫箫甚至想，仅仅为了这萦绕于心头的箫声，学成后也要回到祖国，回到家乡。

有钱无钱

钱百万姓钱名百万。

钱百万姓钱却没有钱，钱百万的钱只能看不能用。钱百万的钱不是假钞，不是冥钱，是货真价实的钱币，只是不能流通罢了——钱百万的钱，全是古钱。人称钱百万是古庙镇一怪：乃钱币爱好者也。

每天，钱百万都不忘把那些收集的钱币拿出来反反复复地摩挲欣赏，组合排列，辨识鉴定，乐此不疲。

钱百万的钱币使小镇人大开眼界，其中有空首布，有齐刀，有秦半两，有汉代厌胜钱，有永安五铢，有开元大钱，有北宋铁母，有太平天国珍钱，更多的是清代的钱币，真可谓洋洋大观。

钱百万是退休的小学教师，那点有限的退休金还不够他每月搜罗两三个钱币。钱百万唯有从牙缝里抠，常常素菜一碟、白饭一碗，自得其乐。

幸好早先这些古钱币在小镇人心目中并不金贵，好多是半卖半送给钱百万的。

近年鉴宝节目收视率甚高，小镇人渐渐明白：这些古钱币其实老值钱呢，因而再不肯轻易售之于钱百万。

渐渐有了专做古钱生意的，在小镇上收了贩卖到市里、省城。古钱价被越抬越高。

钱百万开始望钱兴叹。看中的，爱不释手的，无钱购之。钱百万先后发现了圜钱、饼钱、永乐钱异品等，看得钱百万心儿痒痒，又恨恨不已。

钱钱钱，我钱百万姓钱名百万，拥钱“百万”，想集几枚喜之爱之的古钱却囊中羞涩，这钱币不集还罢，越集越气。

那些发了财的大款，仿佛洞察了钱百万的心理，三天两头有人上门来拜访钱百万，意欲高价收购钱百万的古钱珍藏。头几次来的，无不被钱百万一口回绝；后几次来的，钱百万快人快语：“免开尊口”；再后来上门的，钱百万傲然不理。来得多了，钱百万烦了，忍无可忍的他，索性一点面子不给，来一个赶一个。

然而这次来的人不急不躁，进门只叙家常，不谈钱币，弄得钱百万下逐客令的理由也没有。

来人很诚恳地说：“人生在世，生不带来，死不带去。这些钱币是能吃还是能用，还是能带到棺材里？苦了一辈子，没享半点儿清福，冤不冤？凭你的经济实力，再想觅个看得上眼的古钱币比登天还难，与其空守着，还要提心吊胆怕别人来偷来骗，倒不如趁早出手，也免得操那么多心，乐得眼不见心不烦……”

钱百万颔首不语，心海涟漪微漾。

钱百万经不住车轮大战式的劝说，再说对集珍稀古币已不敢奢望，终于狠狠心：出手。说句笑话，钱百万多年来一直在做“钱奴”——为“钱”奔忙，为“钱”辛苦。如今算是把历史颠倒过来了，试试驱使、奴役金钱，不知啥滋味？

钱百万真正有了钱后，搬进了古庙镇新建的公寓。家像个家了，也告别了青菜萝卜家常菜、酱瓜酱茄就泡饭的清苦日子。

安逸得比死还难过的日子，钱百万不久就厌了腻了。常常莫名其妙地感到恍恍惚惚，怅然若失，这种日子无聊透顶。

钱百万终于受不住古钱的诱惑，又悄悄地开始收集古钱币。只是比之以前集钱币要难上十倍百倍。钱百万又忙碌起来了，他一枚一枚地觅，一枚一枚地集，生活似乎又有了盼头。他固执地搬回了原来的老屋，又吃起了酱瓜酱茄……

有人说他：憨棺材！钱百万只当没听见，依然活得有滋有味。

往作新读

AA 制

市摄影家协会换届。原摄影家协会主席丁一夫因年近七十，让贤退下。众望所归的新主席是艾一平。艾一平系上市公司的董事长，财大气粗，竟是满票，大家都投他票，原因不必明说。

原摄影家协会主席丁一夫的告别演说很真诚，他说：相信在新主席艾一平的带领下，新人新气象，更上一层楼。

所有的会员也都是这样盼望的。

摄影家协会与其他协会有所不同，待在家里是不可能拍摄出好作品的。想要拍出优秀、精彩之作和获奖作品，采风是少不了的。

在丁一夫当主席的二十多年里，他每年组织两次采风，上半年一次，下半年一次。每次 20 个人左右，即两桌。所有费用都是他去解决的。他曾任财政局副局长，在官场与企业界人脉关系广，更何况他是市里最有成绩的老摄影家，获过全国奖，可以说是大名鼎鼎，他好意思开口，别人就不好意思回绝。虽然对他来说，每年的弄钱，压力也不小，但在其位，不能不谋其政啊。

因为是免费采风，谁不想去，如果摆不平就会闹矛盾，有意见。

丁一夫坚持一条原则：采风属奖励。他定出规矩：凡上一年创作有成绩的才有资格轮到参加采风活动，譬如你出版了摄影集，你摄影作品入选摄影展，获了奖，刊登在报刊上了，做了某杂志的封面等，所谓乌龟掼石头——硬碰硬。

所有的摄影家协会的会员都在想，新主席艾一平的上市公司圈了好几个亿的钱，一年两次采风，对他来说是九牛一毛。

春节一过，天气转暖，踏春季节到了。摄影家协会的采风通知也通过手机群发到了每一位会员的手机上，大意是说：今后不定期采风，谁有理想的采访地点，可提出申请，由摄影家协会审定，再牵头组织，改为小部队行动，避免以前大规模行动，拍摄的作品雷同、撞车。

看短信的都点头称是，但再往下看就不淡定了。说是：我们摄影家协会也举双手赞成“八项规定”，从今年开始，凡采风，一律采取 AA 制，望各位会员理解，支持。

当场就有人表达出不满。“贪婪、小气的艾主席！葛朗台转世。”

有人愤愤不平地说：“这姓艾的，骗了我们选票，上位了，就过河拆桥，不是个东西！”

好在艾一平有心理准备，一笑了之。

有人批评，必有人说好。那些原本轮不上采风的很是高兴，认为新主席这个改革改得好，争先恐后报了名。

原摄影家协会副主席阿荣很懊悔给艾一平投了一票，早知他如此不上路，打死都不投他票。以前，每年 1—2 次免费采风是有保证的，现在可好，要自己掏腰包了，想想有些肉痛，他就没有报名。

结果，参加采风的基本上是以前轮不到公费采风的会员。艾一平亲自带队，采风过程就不赘述了。采风结束，艾一平采购了一批土特产，每人一包，因是意外馈赠，竟皆大欢喜，没有不说艾主席善解人意的。

不久，参加这次采风的一位会员的摄影作品竟被用作了外地一本杂志的封面，另一位会员的作品也入选了“国际摄影双年展”……

听到这些，阿荣再一次懊悔了，他想：如果我去了，说不定这些成绩就是我的了，论技术，论拍摄经验，怎么说自己也在他们之上啊。

秋天的时候，艾一平又一次组织采风。这次，阿荣带头报了名，交了钱，那些原本还在观望的，也都陆陆续续报名参加了采风。因为报名的人大大超过了预期，艾一平只好先报先去。紧接着，他又策划了去印度采风，没有想到报名的还是很踊跃。

印度采风回来，艾一平策划了一个“印度风情摄影作品汇报展”，为了这次展出，艾一平自己掏兜编印了一本《印度风情摄影作品选》。在大部分市民的眼里，印度是个遥远而神秘的国家，去过印度的实在不多，了解印度的更少，来看的观众络绎不绝，看了摄影展，都说大饱眼福，不虚此行，可以说摄影展很轰动很成功。

阿荣拍摄的《月光下的泰姬陵》，美得醉人，用作了《印度风情摄影作品选》的封面。市报找到艾一平，说愿意提供一个整版发表其中的精彩之作，结果丁一夫拍摄的《印度神牛》，艾一平拍摄的《老德里街市》，理事小蕙拍摄的《甘地墓前的中国人》，秘书长辉辉拍摄的《红堡落日》等十来张照片刊登在了报上，影响极大。最让摄影家们开心的是，市委宣传部、文明办看了摄影展，提出放大、精印一批印度风情艺术照，将作为今年的读书节奖品。

阿荣感慨地说：“采风 AA 制是个好办法，谁也不欠谁的情，主办者也相对轻松些。”

丁一夫拍拍艾一平的肩说：“老弟啊，我服了你，也明白了你的公司为什么能上市。”

四要堂子孙

娄城在文物普查时，发现了一座破旧的明代建筑。据上了年纪的人讲，早先的主人姓廉，原本好像叫“四要堂”。至于为什么叫“四要堂”就不得而知了。也有人说：可能是施药堂、司药堂、师尧堂、思瑶堂……

后来，一位叫廉天一的八零后，他不住在“四要堂”，但自称系廉氏后人。他一根筋地查了不少资料，写了一篇文史随笔《“四要堂”溯源》。据他考证，“四要堂”源自明代的监察御史廉而洁为家族撰写的四句话，即“为官要廉，为人要善，为文要真，为商要诚”。他把自己的书斋起名为“四要堂”。其后人刻了匾，悬挂在客厅上方，可惜在“文革”时，被当作“四旧”劈了、烧了。

廉天一外号“书毒头”，他因写这篇考证文章，去了上海、苏州的多家图书馆寻找资料，资料看得多了，萌发了为廉氏家族写本书的念头。前前后后花了两年的时间，他写的《廉氏一脉》终于杀青，大约十几万字。写好了如果不发表，不出版，岂不变成了自娱自乐。廉天一查了出版社的电子信箱，发了过去，等待多日，可连片言只语的回音也没有。

他又找到了当地的文联，文联苟主席很客气地接待了他，还鼓励了他一番，说是看了书稿再回复他。

等人心焦，等回音也很心焦，过了难熬的半个月后，苟主席的电话来了，说内容不错，只是文字还稍嫌稚嫩，需要润色。说经修改后，可以挑选若干小节先发表在文联主办的《娄城风》杂志上，并表示他愿意帮助修改，帮助出版。

廉天一听后，大为感动，连连道谢。

苟主席最后说："文联出资给你出版，不是不可以，但也要师出有名，如果算我们俩合作的，就名正言顺了，出版经费就没有问题了。"

廉天一愣了一下，一下没有转过弯来，只说了一句："容我想想，明天答复你，行吗？"

廉天一回到家，越想越觉得不对劲，自己辛辛苦苦两年的心血，怎么变成了合作，他不甘心啊。

妻子知道后，劝他说："苟主席要署名，就让他署吧。总比你写了白写要好吧。如今出版难，你又没有名气，苟主席不给你出钱，你的心血十有八九付诸流水。"

读初一的儿子廉石听到后，忍不住插嘴说："这不符合我们廉氏老祖宗说的为文要真。什么合作署名，还不是想不劳而获吗，我看属于变相腐败。老爸，不能答应，不能助长歪风！"

廉天一拒绝苟主席后，在《娄城风》杂志上节选也吹了。倔强的廉天一不信邪，书稿的电子版发了一家又一家出版社，一年多后，终于传来好消息，上海有家出版社愿意出版。

《廉氏一脉》的正式出版，使廉天一信心大增。创作一发而不可收，几年里，他又接连写了《古今清廉故事》《古今法治故事》《古今孝故事》等多本集子，竟然都拿到了稿费。

省报与省里的电视台都来采访了廉天一，报道了廉天一，他还加入了省作家协会，后来还当选为娄城市作家协会的副主席。娄城的好几家中小学邀请他去讲课。在娄城，廉天一有了点知名度，成了人物。

廉天一出名后，常有文学青年来讨教。廉天一想到自己当年的艰辛，因此凡有人找他，他能帮则帮。

曾有一位高二的学生一鸣来找廉天一，带来了两本自编的诗集，希望廉天一帮助他出版。廉天一粗粗翻了一下说："你的诗比我写得空灵、朦胧，有味道，只是诗歌目前很小众，坊间有云：写诗的比读诗的还多。出版有难度。"

一鸣说："我知道你与多家出版社关系一级棒，这样吧，你帮我联系出版，到时算我们合作出书，你也署名，有稿费归你。"

廉天一马上说："打住打住，这万万不可！"

一鸣以为廉天一摆谱不肯帮他，有些失望。谁知廉天一说："你信得过，把诗稿的电子版发来，我代为联系，尽力而为。"

廉天一把诗集的出版当成了自己的事，转了几家出版社后，正好有家出版社在组稿《九零后诗歌丛书》，一鸣的诗集竟然被选中。

一鸣的诗集出版不久，他就出国读大学去了。

一鸣是个有感恩心的年轻人，他总想着如何报答廉天一。他了解到廉天一的儿子也快高中毕业了，就发电子邮件对他说："你儿子到海外留学的事，我会帮忙！我爸不差钱。"

如果是其他事，廉天一肯定一口回绝，但此事涉及儿子海外深造，他不免有点动心。

廉天一试探着问儿子，要不要找找关系，由老爸来搞定你出国留学的事。

儿子说："我是谁？我的名字是廉石！我们的家族遗训是'四要'，我要靠我自己的真本事，真才实学让海外大学录取。

老爸，你要相信你儿子有这个实力！”

廉天一听后，又激动又羞愧，喃喃自语说了一句：“儿子啊，你是廉氏真正的子孙。”

黑节草

迟一新是个摄影发烧友，退休后，他开始去各地采风，拍摄照片。他喜欢独来独往，一个人自由行。

他第一站去了云南。旅游景点他不去，专爱往交通不便，没有开发的乡间跑。他认为只有游客很少到的地方，才有真正的原生态，才能拍摄到与众不同的好作品。

有天，迟一新来到一个山区，巧遇了一次人头涌动的赶集。

迟一新一瞧机会难得，就拿起了相机，捕捉起了镜头。

突然，一个小男孩上来拉了拉迟一新的衣服说："叔叔，看看我的黑节草，上好的野生黑节草，我爷爷说，大补。"

迟一新发现这是个十来岁的男孩，瘦瘦的，黑黑的，两个眼睛亮亮的。迟一新觉得这孩子与自己的孙子差不多大，自己的孙子除了会说几句英语，会玩游戏机，连扫个地都没有做过。但山里的同龄孩子已在为生活奔波，独自来摆摊了，心里不免酸酸的，就停下了脚步，注意起了孩子说的黑节草。迟一新退休前是中学的生物老师，对植物还是有所了解的。他一看那草，怎么觉得像铁皮石斛，那可是一味可以与人参相媲美的中药。

迟一新忙问："这黑节草是哪儿采的?"

男孩说："山上采的，可高呢。我与我爷爷一起去采的，很危险的。"

迟一新想起，这铁皮石斛一般长在1600米的山地半阴湿的岩石上，与这孩子说的相吻合。

迟一新又问："这黑节草治什么病的?"

孩子纠正说："这是补药。爷爷说补腰子，养胃的。"

迟一新记得铁皮石斛的功能是生津养胃、滋阴清热、润肺益肾、明目强腰。与孩子说的基本一致。就说道："这是不是就是铁皮石斛?"孩子想了想回答："石斛不石斛我不清楚，但又叫铁皮斗。"

迟一新来了兴趣，又问："你爷爷呢? 为什么你一个人来集上?"

孩子说："爷爷犯病了，躺在床上。爸爸妈妈去外地打工了。我是家中唯一的男子汉，我不来，谁来?"

"好，这些黑节草我全要了。能去你家看看吗?"迟一新很想了解山民的真实生活，他掏了300元钱给男孩。

男孩高兴极了，带着迟一新去了他家。路上，男孩告诉迟一新，他叫铁皮，爸爸与妈妈离婚了，已几年不回家了。他只能靠与爷爷上山采药卖钱过日子。

迟一新发现铁皮的家，风水好极了，屋后靠着山，门前有个水塘。就是房子太破旧了，与这青山绿水很不相称。

屋里空荡荡的，两个背篓，两把小锄，很显眼地搁在屋里。迟一新猜测这就是爷俩去山上采集铁皮石斛的工具。铁皮的爷爷斜躺在床上大声地咳着、喘着，看来这老慢支不是一天两天了。

爷爷见家里来了客人，忙叫铁皮去地里挑几棵菜，招待客人吃饭。还说去把泡了多年的药酒拿来。

迟一新制止了铁皮，说："饭就不吃了，我带着干粮。来，到爷爷这边来，我帮你们祖孙俩拍一张照片，留个纪念。"

迟一新问铁皮："附近有好的风景吗?"

铁皮自告奋勇说："我来带路，这山里我可熟了。"

出门时，铁皮背上了背篓，说顺便还可以采药。

山里的风景真的不错，迟一新一一收入镜头，大有收获。

分手时，迟一新拿出一千元钱塞给铁皮，说给你爷爷治病。

铁皮把背篓里的一包黑节草递给迟一新。说："你已经给多了，不能再拿你钱了。"

迟一新说："我还要去采风拍照，这新鲜的铁皮石斛带着也不方便，这样吧，先放你这儿，有机会就寄我。"

铁皮很慎重地对迟一新说："叔叔，你留个地址。我保证给你寄到。"

迟一新想了想，摸出一张名片给铁皮，说："以后若碰着啥难事给我打电话、写信，都行。"

迟一新采风回去后，忙着照片的后期处理，也就把其他事抛到了脑后，大约三个多月后，学校打电话给迟一新，说有个包裹单子，叫他去拿。

没想到是一大包晒干的铁皮石斛。

包裹里有铁皮的一封信。信中写道：

叔叔：您好！

爷爷说，新鲜铁皮石斛不能寄，要坏的。我就晒干了寄。拖了几个月，请原谅。这些铁皮石斛都是我从山上采来的，都是野生的。

爷爷上个月死了。爷爷闭眼前说：一定要记得给你寄晒干的黑节草。一定不能忘！

祝好人有好报！

铁　皮

写于 2016 年 2 月 29 日

千年人参

大学士首辅裴钟急急忙忙来到家里，问管家："家里是否有株千年人参？"

管家很肯定地说："有！"

裴钟命管家速速去把府上珍藏的那株千年长白山人参找出来，越快越好。

管家不敢怠慢，不敢多问，去了仓库，翻找了老半天，总算找到了那株千年长白山人参。

那可是一株上好的千年长白山人参，重达 403 克。那参呈纺锤形，皱得像老树皮，根须众多而绵长，像千手观音，乍看，有三分人形。懂参的知道，这单株独体，没有怀抱小参的，是一株雄性参。这样大，这样重，这样完整的野山人参，世间少见。大学士首辅裴钟也算见多识广，也是平生头一次见到 403 克的野生人参。谁送的，裴钟已记不起来了，这些年来送礼的实在太多，但脑子里留存着千年人参的印象。看着锦盒中的千年人参，裴钟越看越爱，甚是不舍，原本他是打算留给自己服用的。但此时此刻，他知道必须割爱，必须献出，献给皇上，让皇上即刻服用。

皇上一病不起。虽有多位御医诊治，开药，可仍不见好转。据皇上身边的太监说：御医也束手无策。其中御医房的太医令说过一句：除非找到真正的千年长白山野山人参，或许有可能起死回生。

大学士首辅裴钟得到这信息后，思前想后，权衡利弊，匆匆赶回家来取人参，盘算着要献这千年人参。

首辅裴钟的夫人系老太师的孙女，用现在的话谓之乃“官三代”，是个见过世面的女人，但她看到如此弹眼落睛的千年人参，也兀自一惊，明白这是难得一见的宝贝。当她知道老爷要将它进献给病危的皇上，认为大可不必。因为据她得到的内部消息，皇上已病入膏肓，即便华佗再世，扁鹊重生，恐怕也回天无力，驾崩仅是时间问题。也许今天，也许明天，不可能拖很长时间。

在这种情况下，把如此名贵、稀罕的千年人参进献给皇上，那不是俏眉眼做给了瞎子看，木樨花当成了牛饲料。就算皇上服了这千年人参，能再拖延几日，那又怎么样呢。还不如不献，留着自己服用。

“妇人之见，妇人之见啊。人参重要还是命重要？”大学士首辅裴钟懒得与夫人争论，只想快点进宫献人参，就怕迟了，皇上一脚去了，那就前功尽弃，悔之晚矣。

夫人仗着自己是老太师的孙女，在裴府还是有点话语权的。她说：“我不同意献！你想想，你献了，昏迷中的皇上能知道吗，能奖赏你什么？好钢要用在刀刃上，不能白白浪费了。”

“救皇上就是救自己。要不然，皇上驾崩之日就是我去九泉之期。只要皇上在，他们就投鼠忌器，暂时不会动我，也就是说我不会有事。一旦皇上宾天，我就十有八九是新皇帝的祭天之物，头一个就会拿我开刀，这道理你竟然不懂？”裴钟被迫说出了藏在心底的话。

夫人闻此，吃惊得脸色都变了，跌坐在文椅上，喃喃自语道："会不会满门抄斩，株连九族?"

"那还用说。一荣俱荣，一损俱损，历朝历代都是如此。"裴钟很是伤感。

夫人抽抽泣泣地哭了起来。嘴里还在数叨："谁让你平时自以为一人之下万人之上，得罪那么多人。"

"别哭了。我献人参就是希望皇上能多拖几日，我好利用这段时间，做好善后事宜。多拖一天，我就多一份胜算的希望。"

夫人一听，果然止住了哭声，赔着小心问："老爷有何高招?"

裴钟道："我要联络几位重臣，打好招呼，结成同盟。如果能联手铲除高御史等几位与我作对的，就能稳操胜券了。"

"你不能再害人了，不能!"夫人双手合十，念起了"阿弥陀佛"。

"我是自保。懂吗?我有好几个儿子，为什么有两个姓了你家的姓，你真以为我是怕了老太师，或想攀附于你家。错!我是早早做了准备，万一我有个三长两短，姓了老太师之姓，或许能逃过一劫。二十年后，就可能是他们的天下，我就有平反之望。"只是裴钟说此话时，明显底气不足。

裴钟怀揣千年人参上了轿，直奔宫里而去。

夫人则在佛堂里点起了香烛，敲起了木鱼……

衙门里的孩儿莲

娄城的市政府是在州衙门的旧址上改建的。据说这州衙门是明代正德年间造的，有五百年历史了。可能历史久远的原因，市政府的大院里古树古木很多，最古老的一棵枸骨（即民间称为鸟不宿、猫儿刺的），专家说超过六百年树龄了，还有花椒树、枳椇、瓶兰花等都是外面很少见到的树种，都有两三百年的树龄。

去年四月下旬的一天，市政府门口来了一位花甲年纪的老人，来人戴着眼镜，斯斯文文的。在进入市政府时，被门卫拦住了，问他找谁？有什么事？

老人说："我不找谁，就去看一棵孩儿莲，这两天应该开花了。"

门卫姓孙，在市政府当门卫也有十多个年头了。他出生于农村，自小与花花草草打交道，像榆树、榉树、槭树、楸树、梓树、桑树、椿树、桂树、朴树、槐树、杨树、松树、柏树、桧树、杉树、楝书等他都叫得出。这市政府自己进进出出这么久了，碰到节假日值班，都要四周巡视的，走了上百遍了，从没有见过什么孩儿莲，连听也没有听人说起过。

他心想，这家伙是不是脑子搭错了？就很干脆地回答：“市政府大院里肯定没有你说的孩儿莲、孩儿王。”

老人不死心，他拿出身份证，说：“我不是坏人，我叫衣甘菊，刚退休的教师，教植物的，我从外地回家乡来就是想考察一下家乡的植物，写本书。”

孙门卫见他这么说，态度和气了很多。老老实实对他说：衣老师，真的没有你说的孩儿莲，我是这儿最老的门卫了，我也没有见过，看来没有。

衣甘菊从包里取出一本小本子，翻到中间说：“你看，这是我父亲1946年写的《咏孩儿莲》诗，当时日本已经投降了，大家很兴奋，那一年，孩儿莲开得特别旺特别多，我父亲与当时娄城的诗友十君子一起来这观赏孩儿莲，每人写了一首诗。”

孙门卫说：“你们这些诗啊词啊，我看不懂的，给我看也是白看，如果有照片，我就信了。”

可衣甘菊哪有照片。”

那就对不起了。孙门卫不再理睬衣甘菊。

第二天，衣甘菊又去了一次，那年轻一点的门卫连听都不想听他解释，直截了当地回答：“就算有，也不能放你进，这里是市政府，不是公园！”

衣甘菊急啊，因为过了这花期，就得再等一年才能拍到照片，没有照片就没有说服力。也是他的运气来了，他侄子在市政府上班，他知道这事后，就说：“明天你坐我的小车进，我有出入证，保证不会拦。”

就这样，衣甘菊轻轻松松进了市政府，他开始一棵树一棵树地看，转遍了整个政府大院，真的没有孩儿莲。难道被砍了，或者死了？这不是没有可能的，长久以来，多少文物被毁，多少珍稀树种消失，一棵孩儿莲的消亡又会有谁在意呢。

衣甘菊失望地准备回家。

真可以用阿巧的娘碰到了阿巧的爹来形容了，无意间衣甘菊看到一辆小车停在他面前，那小车的风挡玻璃中间，挂着一朵红颜色的花，那不就是孩儿莲吗？衣甘菊十分兴奋。他刚想上前去问，车子就开走了。衣甘菊看到车上下来的一位领导进了一幢小院。衣甘菊突然醒悟过来，自己在机关大院转了半天，就这小院没有进去过，会不会孩儿莲就在里面？于是，衣甘菊也进了这小院。好在小院没有单独的门卫，没有人拦他。

小院不大，但很雅致。三片石笋，一丛芭蕉，有花有草，在东边的几块太湖石左侧，那孩儿莲开得正旺。那一朵朵的孩儿莲像倒挂的莲花，红红的，肉肉的，又像一只只小灯笼，煞是好看。衣甘菊恨不得大叫一声："我终于找到你啦！"但他没有，他连忙取出照相机，从各个角度拍摄，有整棵树的，有花朵特写的，有正面的，有侧面的，有仰拍的，有俯拍的。这可是第一手资料啊。

正在这时，刚才去停车的那位司机进来看见了他，有点不客气地问："你是哪儿的？找哪位领导？这儿不能拍！"

"不找领导，就拍个照片，拍完就走。"

"不找领导，你怎么进来的？这儿是你想进就进的地方吗？"

一个电话，门卫来了，孙门卫一见是衣甘菊，很生气地说："你怎么混进来的？"

"这是什么话，什么叫混进来。"衣甘菊有点书生脾气了。

可能他们的喉咙大了，惊动了领导。领导问："有登记吗？"

孙门卫说："肯定没有！"

不一会警察来了，把衣甘菊带走了。

警察查了他的身份证，询问了解了相关情况，就放他走了。

回到家，衣甘菊写了一篇《藏在深闺人不识的孩儿莲》

的文章，配了他拍摄的照片，登在了省报上。这样一来，娄城市政府发现珍稀树种孩儿莲的消息很快传了出去，电视台等也闻讯而来，一时，孩儿莲名声大振。

后来，有关部门的领导来找到衣甘菊，问他有什么需要帮助的吗？说书记发话了，愿意协助他调查全市范围的珍惜花木，如果出书，市里财政上会资助。

这个结果是衣甘菊没有想到的。

龙　脉

龚家是鲤鱼湾的大户人家，到龚鳌头已在鲤鱼湾居住半个多世纪了，算起来已第三代。

鲤鱼湾山清水秀，当年龚鳌头的祖父之所以落脚在此，就是看中了这儿的地理位置，北边是山，名曰云山。山不高，但一到冬天就雾蒙蒙的，岚气浮动。而到了夏天，雨过天晴，往往有七色彩虹高高悬于空中。往南则是鲤鱼湾，所谓鲤鱼湾其实是娄江的一个湾头，藏在矗立于江水中的一个小山峰后面，很是隐蔽。云山到江边，有一片平地，也就几十户人家，多数是打鱼为生，唯龚家系读书人家。他家客厅里挂有一副对联："耕读传家久，诗书继世长。"但奇怪的是，龚家的子弟并不去应试，去考秀才，考进士。他们雇佃户种了几十亩地，收些租米。平常里就在家吟吟诗，弹弹琴，写写字，画画图，养养花，打打拳。龚鳌头牢记祖训"不仕途，不经商，不张扬，不显贵"，把这"四不"精神贯穿于龚家的对内对外，平安即福，龚家的小日子过得蛮滋润。

一切的变化都是因"佘半仙"的出现。一个槐花飘香的五月天，"佘半仙"乘船来到了鲤鱼湾，一到鲤鱼湾，他就手持罗盘等，东转转，西看看，忙乎开了。

鲤鱼湾很少有外人来，大家觉得这外乡人很奇怪，对他很警惕。

“佘半仙”自称是风水先生，途经此地时发现这儿风水超好，忍不住下船来实地勘察一番。

“佘半仙”转了半天后，敲开了龚家的大门，说是要面见主人。

龚鳌头听下人说：这风水先生已在龚家宅前宅后转悠了好一会儿了，不知啥意思。龚鳌头想：或许来者不善，但伸头是一刀，缩头也是一刀，是福躲不过，是祸逃不了，且见见吧。看他怎么说，再做打算。

“佘半仙”开门见山地说：“我看风水几十年，还没有见到如此好风水的地方，此地是龙脉，风水宝地啊！要出皇帝，要出真龙天子啊！”

龚鳌头听到此话，如五雷轰顶，着实吓坏了。连忙说：“大师，此话讲不得，讲不得！我乃一介草民，信奉无官一身轻，有子万事足，我龚家连官场也不踏入半步，做太平犬，足矣足矣！”

“此话差兮，我又没有说你造反，又没有说你谋朝篡位，你紧张什么？龚姓隐居鲤鱼湾，蛰伏三代，鲤鱼化龙，冥冥之中有定数，我只是就事论事，指出这儿乃龙脉而已。”“佘半仙”见龚鳌头没有其他表示，又说道：“此事，天知地知，你知我知，只要我守口如瓶，谁会知晓？皇帝老儿不会杀你头，灭你族的，放心，放一百个心！”

“对对对。放心放心！”龚鳌头连忙示意“佘半仙”稍等，他去里屋取了几锭纹银，放在“佘半仙”手里。“佘半仙”掂了掂分量，嘴角掠过一丝笑意说：“我嘴紧着呢。”转身飘然而去。

“佘半仙”是走了，但龚鳌头连着好几晚睡不着觉。心想此事万一传到皇上耳朵里，那可不是闹着玩的。祖上隐居于此，不就是为了躲避朝中纷争，逃避奸臣陷害，求个太平日子吗。难道好日子到头了？

龚鳌头战战兢兢过了几个月，人瘦了一大圈。还好“佘半仙”走后，并没有其他事发生，但愿是虚惊一场。

秋风扫落叶的季节，鲤鱼湾又来了一个算命的。他举着一个布幔，上书“铁嘴余”三字。他在鲤鱼湾转了转后，就在龚家大门口喊了起来：“前算一百年，后算一百年。不准不收钱，不灵不要钱！”

龚鳌头有些心动，就把“铁嘴余”请进了屋。

“铁嘴余”很从容地说：“我算命，不用起卦，不用掐指。但看面相面色即可预测吉凶。”说罢，细细端详起龚鳌头的脸来，看得龚鳌头心里发虚。

半晌后，“铁嘴余”说：“先听好事还是坏事？”

“我家还有好事？那就先说好事吧。”

“好事，大好事，特大好事，你们家有可能出皇帝！”

“啥？”仿佛一剑刺中他的心窝，龚鳌头脸色顿时惨白惨白。

“坏事还说不说？”铁嘴余弱弱地问了一句。

“说吧。死，也要死个明白。”

“你家有灭九族的危险。为什么如此说呢？娄江像一条盘舞大地的游龙，鲤鱼湾在龙嘴的部位，你家的宅院正好在龙珠的位置，占尽天时地利。你姓龚，龙在上，共天下。你叫龚鳌头，独占鳌头，那是寓意坐龙椅啊。老话曰：天无二日，国无二君。当今皇上能容得下你龚家？速速改名换姓，避难去吧。言尽于此，言尽于此！”

“铁嘴余”不肯多收一个铜板，自言自语着“血光之灾、血光之灾……”走出了大门。

咋办？龚鳌头像热锅上的蚂蚁，毁龙脉，不现实。静等杀头，不甘心啊。看来唯一的补救之法就是搬迁，逃离这是非之地。

龚鳌头把祖宅三钱不值两钱卖给了邻居郭家，匆匆雇船搬离，没有人知道他们去了哪，从此杳无音信。

鲤鱼湾的住户后来才知道，龚家宅院的真正买主不是郭家，而是外来的佘家兄弟俩。再后来，有人记起，那兄弟俩不就是“佘半仙”与“铁嘴余”吗？“佘”姓与“余”姓，不过是障眼法而已，再傻的人也明白了是怎么回事，可惜龚家已不知去向。

半个多世纪后，佘家兄弟俩的后代被划为了地主与富农，尝到了专政的味道。而新中国成立后，娄城的第一任县长龚书香，据说是龚鳌头的后人。

石　刑

赛姆瑟·阿拉珂是小镇上数一数二的美人坯子，高挑的个子，纤长的美腿，披肩的长发，雪白的皮肤，水汪汪的眼睛，红润润的小嘴，凹凸有致的身材。她走在路上，那姿态像骄傲的孔雀。不过她确乎有资本骄傲。只要她出门，总有无数的异性目光盯着她，她已习惯了。

19岁时，来提亲的就踏破了门槛。彩礼一家比一家多，但奇怪的是赛姆瑟·阿拉珂连看也不看。都说：这妞眼界高着呢，说不定想嫁给比尔·盖茨这样的超级富豪。

但赛姆瑟·阿拉珂从小到大没有出过远门，生活半径也就几十公里，应该不认识小镇以外的大人物与大富翁。赛姆瑟·阿拉珂到底会看中哪位幸运的青年才俊呢？大家拭目以待。

镇上的小年轻私下里在说：不管谁中头彩，抱得美人归，谁必定是众人的公敌。

公敌没有出现。名花无主，追求者就有希望，大家变着法儿讨美人欢心，可所有的招数都没有效果。以致有人又在私下里说：这妞会不会是同性恋？

夏天的时候，衣服穿得单薄了，赛姆瑟·阿拉珂的母亲发现女儿的腹部开始隆起。她吓坏了，马上找来她男人商量对策。

在父母的逼问下，赛姆瑟·阿拉珂承认偷食了禁果，但她坚持不肯说出是谁让她怀孕的。

在小镇，未婚先孕是犯教规的，属于不可饶恕的罪行。对赛姆瑟·阿拉珂的父母和他们的家族来说，这种伤风败俗的事，让家族颜面扫地，是奇耻大辱啊。

唯一的办法是堕胎。但堕胎也是违背教规的。

怎么办，怎么办？急得赛姆瑟·阿拉珂父母寝食不安，可纸包里的火——包不住。

首先发现异常的是赛姆瑟·阿拉珂的邻居切廷蒂尔克，他无意中听到了赛姆瑟·阿拉珂父母的争论，借着邻居的便利，经过几天的观察，他终于发现赛姆瑟·阿拉珂微微隆起的肚子，他似乎明白了什么。他来到赛姆瑟·阿拉珂家，提出要娶赛姆瑟·阿拉珂，并威胁说，如果不答应，他就把赛姆瑟·阿拉珂的丑事公布于众。

赛姆瑟·阿拉珂父母意识到事情严重了，因为按教规，未婚先孕是可以用石刑处死的。

父母劝赛姆瑟·阿拉珂嫁给切廷蒂尔克算了，只要切廷蒂尔克不嫌弃，也算是最佳办法了，可以把这家丑遮掩过去。

谁知赛姆瑟·阿拉珂一听是切廷蒂尔克，死活不同意，说宁可处死，也不嫁切廷蒂尔克。

谈崩后，恼羞成怒的切廷蒂尔克四处放风，说赛姆瑟·阿拉珂是个淫妇，是个贱人，是个伤风败俗不要脸的婊子。应该处以石刑，以儆效尤。

很快地，这成了小镇的头号新闻，所有的人都像打了鸡血一样，处于亢奋状态。

切廷蒂尔克还提出：一定要把赛姆瑟·阿拉珂的野男人揪

出来，让这一对奸夫淫妇一起接受审判，一起处以极刑。

大家排线索，做分析，可没有什么实质性的进展。

镇上德高望重的阿克约尔提出：只要赛姆瑟·阿拉珂坦白是哪个浑蛋骗了她，就可网开一面，免于她石刑。但这个让小镇男人恨得咬牙切齿的浑蛋必须当众执行石刑。

赛姆瑟·阿拉珂挺着肚子说："我愿为他死。你们就不要白费力了。"

阿克约尔让人在小镇上贴出了告示：三天内，如果犯罪者能自首，可以免于赛姆瑟·阿拉珂石刑。否则，定于三天后的黄昏，在小镇北边的野地里执行石刑！欢迎全镇人观刑。

告示贴出的当天，23 岁的希剌·瓦习尔前来自首，说愿意用自己的生命换回赛姆瑟·阿拉珂的生命。希剌·瓦习尔是小镇上仅有的一位诗人，他经常在小镇的湖边或小树林里朗诵他的所谓大作，被小镇人视为脑子被驴踢过的。怎么会是他，竟然是他，这让小镇的人大跌眼镜，很是受伤。大家万万没有想到漂亮、骄傲的赛姆瑟·阿拉珂会喜欢上诗人，这真是让人看不懂，想不通。

一定是诗人诱惑了美人，让涉世未深的赛姆瑟·阿拉珂上当受骗。可恶，太可恶了。既然是他，那他就必须付出代价，必死无疑。

阿克约尔倒是说话算话，决定释放赛姆瑟·阿拉珂。

小镇人群情激愤，要求当天就处死希剌·瓦习尔。

黄昏时分，石刑现场已挖好了一个一米左右的坑，五花大绑的希剌·瓦习尔被推入了坑里，他的上半身与头露在坑外。面对众多的观刑者，希剌·瓦习尔大声朗读自己即兴的诗句："为女神上祭台，我含笑九泉！为心上人去死，我心甘情愿……"

阿克约尔问：谁愿意充当行刑执行者。切廷蒂尔克与其他三名小伙子自告奋勇站了出来。他们每人手拿一块有棱角的石头，准备砸向诗人。

就在这时，刚被释放的赛姆瑟·阿拉珂冲了进来，哭喊着：“不是希剌·瓦习尔！他是无辜的，你们不能处死他！”

这让现场很是尴尬。阿克约尔要求赛姆瑟·阿拉珂说出真正的浑蛋。如果说出，可以放了诗人。可赛姆瑟·阿拉珂就是不肯说。

切廷蒂尔克见此，气得脸都变了，他突然大声喊：“一起处死！”

现场有人附和：“一起处死！”“一起处死！”……

阿克约尔无法控制现场了，决定顺应民意，将两人一起处死。

此时，残阳如血，天边的云霞仿佛燃烧了起来。

在石块的反复击打下，赛姆瑟·阿拉珂与希剌·瓦习尔被砸得头破血流，但小镇人不理解的是，两人没有求饶，没有愤怒，痛苦中似乎还带着些许笑意去迎接死神，在这血色黄昏里。

关于希剌·瓦习尔到底是不是赛姆瑟·阿拉珂的情郎，成了小镇人嚼不烂的话题，一个永远的不解之谜。

对食

那是中秋的晚上，秋高气爽，万里无云，一轮明月正好不高不低，不偏不斜高挂于海宁寺双峰塔的中间，真是难得一见的景色，令人赏心悦目。

谢一权刚升任御马太监，心情大好，他摆了宴席，犒赏那些跟了他多年的太监。

心情好，敞开喝，不醉不归。一时间，猜拳行令，越喝越来劲，两三个小时后，几乎个个喝高了。一喝高，就控制不住自己，谢一权也是如此。本来高高兴兴的事，不知为什么，他喝着喝着就哭了起来。开始，那些手下太监以为谢一权升任了，喜极而泣，并没有劝阻，但谢一权哭着哭着就号啕大哭起来。

手下一个叫小来子的听出了名堂，原来谢一权一哭对不起祖宗，不能传宗接代；二哭孑然一身，孤家寡人，没有个家庭……

小来子劝谢一权甭伤心了，去宫外看看民间赏月，散散心吧。

小来子等几个人簇拥着谢一权去了街上。这几个人已喝得醉醺醺的，也就东倒西歪的，走没有走相，站没有站相，几个人把一条街的路面差不多都占了。小百姓一看是宫里的人，避之如避瘟神，倒也没事。拐过一个街口，迎面来了两顶四人抬的轿子，前后还各有两名家丁。轿子里坐的是喝酒、赏月回来的吏部侍郎阳云端夫妇。抬轿的自然不肯让，加之阳云端也喝到了七八成，醉眼蒙眬中见有人挡路，这不吃了豹子胆，反了天吗？竟敢挡我吏部侍郎的轿子。说道：“撵走，撵走！”

一名前面开路的家丁高声说道：“吏部侍郎阳云端夫妇的轿驾在此，闲杂人等快快让路！”

小来子等趁着酒兴本来没事想找事，一看后面一顶轿子中还有一个如花似月的美眷，更是心理不平衡。谢一权发话：如果女眷愿意赔礼道歉，就放他们一马，否则休怪洒家不客气！

什么？竟敢对堂堂吏部侍郎如此无礼。

小来子哈哈大笑，也高声说道：“御马太监谢一权谢大人在此，还不快快下马！”

阳云端一听，酒醒了一半。如今宦官当道，太监权势熏人，这御马太监涉及兵权，连锦衣卫都怵他们三分。他想多一事不如少一事，靠边让谢一权他们几个先过吧。可阳云端的夫人哪知道御马太监的厉害，她又何曾受过这等屈辱，很正气地说：“哪有朝廷命官让道太监的道理，该道歉的是你们这些阉货！”

这话戳到了谢一权的痛处。他大喝一声：“不知死活的贱人，竟敢骂我，竟敢在太岁头上动土。今天不给点厉害让你们瞧瞧，不知道马王爷几只眼。小的们，给我砸，狠狠地砸！天塌下来，有我谢一权顶着。”

小来子等几个太监本来已很嚣张跋扈了，又喝高了酒，还得到了谢一权的命令，一个个如狼似虎地冲上前去，砸起了轿子来。那四个轿夫，与四个家丁连忙护起了轿子，护起了老爷，但他们只是挡架，并不敢大打出手，而小来子几个却是像来拼命的，不顾死活冲上来，用脚踹，用刀劈，最终把轿子砸了个稀巴烂。

阳云端出了轿子，伤心地说：“和尚打伞——无法无天了。”

阳云端夫人一面哭一面说：“朗朗乾坤，天子脚下，我不信没有公理，我要告到太后那里！”

“告诉你，告御状也没有用，骑驴看唱本——走着瞧！”小来子口气很大。

临走，谢一权当着阳云端夫人面，撂下一句话：“日后，我找你做对食。”

“无耻，无耻之尤！”阳云端夫人气得发昏。

回到家，阳云端气愤难平：“内监弄权，国将不国。我要参他们一本。哪怕丢了乌纱帽也要让皇上知晓这利害关系，不能让宦官误国。”

谁知阳云端的奏本没有送达皇上的案头，却落到了太监总管的手里。太监总管在皇上面前进了谗言，说阳云端漫骂内官，污蔑皇上纵容内官是误国，是昏君！皇上一听，大为生气，把阳云端下了狱。不久，阳云端就猝死在狱中，还被戴上了自绝于朝廷的大帽子。

谢一权领命去阳云端府上宣读圣旨，监看抄家。

谢一权看着一脸无助的阳云端夫人说：“你放心，我会让皇上赐你给我做对食。保证你后半辈子锦衣玉食，荣华富贵。我说到做到！”

阳云端夫人很蔑视地斜看了他一眼，说：“癞蛤蟆想吃天鹅肉，休想！”

当晚，阳云端夫人投河自尽。按一般规律，三天后女尸是朝天浮在水面的，但阳云端夫人的尸体在水中是直立漂行的。这在民间有一说：凡直立的尸身，必有冤情。

阳云端夫妇的冤情在民间传得沸沸扬扬，有民间艺人为他们夫妇抱不平，编了《阳侍郎冤情录》的唱词，唱得远近皆知。

谢一权听闻后，气急败坏，下令在民间禁唱这本子。但不知为什么，越禁，抄本越多。

劝　降

两军对垒，互有死伤。俗话说“杀人一万，自伤八千”，在冷兵器时代，确乎至理名言。

清军围城久攻不下，有了急躁情绪，如果再旷日持久地拖下去，粮草也跟不上，唯一的办法是速战速决。只是，明军的守城主将是武丈原，此人膂力过人，一般将士拉三石弓就算大力士了，他竟能拉五石弓。马术功夫更是了得，一把丈八大刀舞得呼呼作响，十来个人休想近身，就算在千百人的敌阵中，他也能指东打东，指西打西，无人可挡，无人可敌。

这是清军穆元帅最伤脑筋的事。为此，他寝食不安，焦虑得像一头困狮。军师刁一蔗献了一计：诱降城内副将，许以高官厚禄，让其后院起火，如果能杀死武丈原，里应外合，城池就可不攻而破。

好，此主意甚好。清军穆元帅准备改变战略，派出间作，混进城里，打探情况。

据间作来报：武丈原的副将叫丁无秋，他是最接近武丈原的人，若能收买他，事情就成功了一半。

穆元帅不信丁无秋会背叛武丈原。军师刁一蔗却胸有成竹地说：人都是有弱点的，抓住其弱点，就是抓住了其命脉，就十拿九稳了。刁一蔻告诉穆元帅，这丁无秋一直不甘屈居于武丈原之下，只要给的官够大，不信他不动心。

穆元帅说："不行！给他大官，那跟我出生入死的弟兄如何摆得平？"

军师刁一蔻呵呵一笑，说："等拿下了城池，找个借口不就解决了。"说着做了个"咔嚓"的动作。

"对，这种背叛主子的留不得，必须斩草除根！"穆元帅又指指军师说："你这刁军师啊，真是刁得可以。好，按你说的去做。"

刁一蔻化装成算命的，混进了城。到了城里，刁一蔻感受到了城里百姓的日子也很艰难，毕竟围城两月有余了。劝降，他更有信心了。他寻到了副将丁无秋的家门口，专等丁无秋的出现。

丁无秋本无心算命，但架不住刁一蔻花言巧语，就让刁一蔻进了门。

刁一蔻说："你有贵相，平步青云，飞黄腾达，升官发财就在眼前。就看你能不能把握。"

丁无秋见他无一句实话，准备下逐客令。

刁一蔻干脆赤膊上阵，亮出自己身份，并摸出两锭金元宝，说："我们主帅说了，只要你杀死武丈原，就算奇功一件，大将军就是你的，这城就由你来守。金银珠宝的赏赐保证让你一辈子花不完。"

丁无秋说："你信不信，我立马可以让军士抓你，砍你的头？"

"信，我信。砍我头，你有什么好处。我进城观察了，你们也快粮尽弹尽了，已撑不了几天了。一旦大军攻进城，玉石俱焚，有你什么好。识时务者为俊杰，还用我多费口舌吗?”

丁无秋沉吟半晌后说：“你当我三岁孩子，口说无凭，我如何能信你。”

“我家堂堂穆元帅难道还信不过?”

“我信不过的是你。只有写下保证书，才能看到你方诚意，否则免谈!”

“我写，我写。”刁一莀勉强答应。

最让刁一莀不舒服的是丁无秋坚持要写上的最后一句，“如若不守承诺，将全民共诛之，世世代代”。

刁一莀离开丁无秋家的第三天，城楼上挂出了武丈原穿着将军服的尸体，副将丁无秋开城门投降。

当晚，穆元帅大摆庆功宴。

酒过三巡，军师刁一莀突然问丁无秋：“武丈原的脸完全黑了，黑得认不出了，让人怀疑是不是武丈原的真身。”

丁无秋说：“武丈原他武功高强，谁能杀得了他，只有下毒。毒性大，脸黑很正常。”

“喔，原来如此。来，我代表穆元帅敬你一杯。”军师刁一莀拿着个银酒壶，给丁无秋倒了一杯酒，也给自己倒了一杯，他举起酒杯说：“我先干为敬。”说着一口干了。

丁无秋是个粗中有细的人，他已意识到刁一莀手里的银酒壶是个转壶，但他只当不知道，也一仰脖子，干了。

喝酒后，丁无秋说：“官急不如私急，我去尿尿，失陪片刻。”他清楚刁一莀下的是慢性毒药，就到便池处用内功逼出毒酒。回到大厅时，他装作不胜酒力，似醉非醉的样子，说要回家休息。

穆元帅挥挥手，让他回去。按刁一莀的估算，到天亮时分，丁无秋也差不多毒发身亡，一命呜呼了。穆元帅心情甚好，等丁无秋走后，他对手下说：“喝，不醉不归！”

那一晚，胜利了的清军一个个喝得酩酊大醉。

正当快散席时，突然传来一声巨大的爆炸声，那喝酒的大厅地动山摇起来，接着连续的爆炸声此起彼伏，几分钟工夫，整个大厅炸为一片废墟，燃起熊熊大火。穆元帅、刁一莀军师等主要将领全部葬生于爆炸、大火之中。

据说，清朝建立后，还有人追杀穆元帅与刁军师的后人。朝廷一直弄不清是谁在追杀他们，为什么要追杀他们。

当然，那是后话。

罚戏碑

冒姓是小姓，但在古庙镇是大户人家。冒姓的祖上做过布政使，只是到了冒独秀这一代，冒家已家道中落，不复祖上的荣耀。

古庙镇坐落在弇山脚下，古木参天，绿树成荫。据说在明代万历年间古庙镇就有一条乡规民约：不准随便砍树，不经公议私自砍树者，重罚。因了这条祖上定的戒律，古庙镇的百年大树随处可见。

冒独秀在73岁这一年，天天叨念着“七十三、八十四，阎王不请自己去”。他感觉自己的阳寿快尽，关于身后事，他说过：“人死灯灭，子孙的事管不了那么多了，儿孙自有儿孙福。”

他唯一牵挂的是他的寿材。说得更具体些，冒独秀看中了镇西头的那棵老柏树。说起来，那柏树是在冒家的私有土地上，属于冒家的私产，但考虑到祖上定的规矩，冒独秀的儿子冒东来不敢胡来。准备在冒家祠堂召集乡里乡亲们公议。

冒独秀知道后，竭力反对，说：“不成，不成，万万不成。必须先斩后奏，造成既成事实。重罚，重重罚，我都认了。我一辈子最后一点要求，万望成全。否则，我死不瞑目。”

老爷子都这么说了，冒东来决定豁出去，冒回险。他叫上了冒家的几个身强力壮的子侄，在一个人人蜷缩在被窝里的冬夜，把树砍了。

等镇上的人发现，那两个人合抱不过来的柏木主干已运到了冒家的后院。为了以防万一，冒家连夜高价请了做寿材的师傅，就在后院开工制作。

柏木寿材做好后，冒独秀围着转了好几圈，咋看咋喜欢，越看越爱。他干脆爬进了柏木寿材，躺了下去，闻着柏木的清香，他竟舒坦地睡着了，做起了从未有过的美梦。

再说，冒东来发现不见了老爷子，到处找，找不见。冒东来突然意识到了什么，带着家人到了后院，往柏木寿材里一瞧，好家伙，老爷子睡得正香呢。大家哭笑不得。

正这时，镇上几个德高望重的前辈来到了冒家，说要组织一场“吃讲聚”，来解决冒家私砍柏树的公案。那些老前辈的来到，惊醒了冒独秀。他一脸笑容地从寿材里坐了起来，向各位拱拱手说：“罪过罪过。老朽这辈子值了！”

说实在，那些镇上的前辈，从内心来说，还是很羡慕冒独秀，只是他们都不敢造次。

最后，冒东来在镇上的饭店摆了一桌，前辈们边吃边议，最后达成共识，决定：罚冒家请戏班子唱三天大戏。

冒独秀知道后，说：“认罚，认罚！”

前辈们说：为了引以为戒，下不为例，还要立一块“罚戏碑”，把前前后后记录在碑，以儆效尤。

冒独秀一听，连忙说：“不行，不行！那不是把我冒家钉在历史的耻辱柱上了。”

可前辈们说，这是公议，改不得。

就这样，在被砍伐的柏树原址，竖了一块青石的石碑，用隶书镌刻着“罚戏碑”三个大字。下面详细地记录了清宣统二年，冒独秀违反祖规，私砍百年古柏树，做寿材的事实，以及罚戏的史实……

这块碑竖立后，冒独秀耿耿于怀。认为这是冒家的奇耻大辱。不知是否与这块碑有关，反正不久，冒独秀就郁郁寡欢，两脚一伸，大去了。他临终前，关照冒东来，一定要想法推倒“罚戏碑”，一定！

日本人来后，为了在古庙镇的西头修炮楼，下令砍伐大树。古庙镇的老百姓知道后，群情激奋，去和日本人理论，结果带头的几个被打得头破血流。镇上几个老前辈一商量，决定有木料的出木料，没木料的出现钱，就算从外地采买木料，也不能砍伐树木。老前辈们还让日本人看了“罚戏碑”，田上中佐是个中国通，他对“罚戏碑”大感兴趣，竟然同意了以钱代砍，总算保下了那些古树古木。冒东来想毁碑，没有机会，只好作罢。

到了 1958 年大炼钢铁时，古庙镇也不例外，镇里镇外都建起了土炼钢炉，没有煤炭烧火咋办？砍树呗。于是，镇里镇外的大树都被砍了，那些遗老遗少痛哭流涕，悲痛欲绝，可大势所趋，个人的力量实在太渺小了，简直就是螳臂当车。

新中国成立后，由于冒东来家定的是小业主成分，与城市贫民与农村的贫下中农不是一个阶层，不属依靠对象，冒东来有自知之明，夹紧尾巴做人，砸碑的事，只能埋在心底。

去年，古庙镇来了位台商，在镇西头建厂房，在挖地基时，挖到了“罚戏碑”残碑，台商一看，这不是文物吗？决定修复后再竖起来，作为一个景点。

不知谁透露给了冒建国这消息，这时的冒建国已经是省文化厅的副厅长了。他决心制止这件事。

谁知晚了一步，台商把这消息捅给了媒体，电视台来拍摄了，报社记者来采访了，报道很快都出来了。

后来，省文化厅一个电话，当地的博物馆去收了这碑，到现在一年多了，躺在博物馆仓库了，是不是展出，还要看上头的意思。

君臣之间

八百里加急来报：匈奴不断在边陲骚扰、挑衅，抢掠边民的财产。请朝廷定夺，是打还是和？

大臣们分为两派意见，一派主和，一派主打，各有各的理由，谁也说服不了谁。

皇上呢，静静地听着，不置可否。

这时，丞相马一旭表态主战，而且第一个提出了皇帝御驾亲征的建议。说："如果皇上御驾亲征，必士气大振，以皇上的睿智与胆略，加上皇上的威信，一定马到成功，把匈奴打得落花流水，一败涂地。"

有人反对，反对者认为此建议大谬，让皇上以身犯险，真是居心叵测，万一有个闪失，如何是好？万万不可！

附和、拥护者更多。一时唇枪舌剑，各不相让。

皇上听臣子们该说的都说了，争得也差不多了。突然一锤定音说："朕决定了，御驾亲征！各位各司其职，去准备吧。"

上朝回到府上，儿子琪不解地问："父亲大人，您怎么会鼓动皇上御驾亲征，此去太危险，皇上很有可能有去无回。万一有个三长两短，罪莫大焉。"

丞相岔开话题问："琪儿，你与太子的关系如何?"

"铁！我从小与太子一起长大，是太子的伴读。太子把我当作他的嫡系。"说到这点，琪很自信。

"玩政治，你还嫩点，多向为父学学。"

儿子琪没有听懂他父亲压在舌根底下的意思。

丞相又说："我是前朝的老臣，功高盖主，皇上对我一直不信任，不放心，一直暗中在调查我监视我，想抓住点什么把柄，好置我于死罪。为父的心里不踏实啊。"

琪越听越糊涂，这与御驾亲征哪里跟哪里啊?

丞相知道儿子琪不可能一下子领悟，只好明说。他说："往好里想，打赢了，皆大欢喜，举国庆贺。我就是有功之臣，就是忠君之臣，皇上可能念我对朝廷有功，就消了诛灭之念。往坏处说，假如皇上被打死了，太子继位，那是顺理成章、天经地义的事。有你与太子的关系，你必飞黄腾达，攀上了高位，大权在握，又有新皇的宠信，谁还敢多嘴，自讨没趣。这样，为父就高枕无忧了。"

琪觉得有点道理，就没有反驳父亲。可再一想，有漏洞，假如皇上受伤了、打败了，会不会让丞相当替罪羊呢？这不是没有可能的，或者说，这几乎是一定的。想到这，琪不寒而栗。觉得父亲这次下的赌注大了，赢了，一俊遮百丑；输了，闹不好灭九族都有可能，父亲为什么要如此呢。但看到父亲不慌不忙的样子，琪知道父亲一定有第二手、第三手的预案。他甚至想起父亲曾经说过的一句话：为官的最高境界，就是玩皇上于股掌之上。

过了端午，皇帝正式宣布：御驾亲征。并命丞相马一旭随驾。他对丞相说："关于你的去留，议论颇多，弹劾你的奏章连篇累牍，我都压下了。朕给你再立新功、报效朝廷的机会，你自己把握吧。”

皇上乃金口玉言，下了旨，不去就是抗旨。马一旭只好随驾前往。

出征前夜，皇后不解地问皇上：“丞相系两朝元老，在朝中盘根错节，门生半朝廷，这是皇上您最忌惮的，但他一直是文官，叫他上边陲有什么用，能谋局布阵，还是冲锋陷阵？”

皇上意味深长地说：“朕虽贵为九五之尊，但在朝廷上，没有把柄，也奈何不得丞相啊。到了前线，也许机会就能来了，朕先让他打前锋。生死攸关，他能不运筹帷幄吗？”

“丞相能赢吗？”皇后不免担心。

皇上胸有成竹地说：“打赢了，朕御驾亲征，难道功劳不该归我吗？他马一旭也算是功臣，权当他自己救了自己。战死了，马革裹尸，人死为大，一切的一切就烟消云散。对朕没有任何威胁了，客观上，还保护了他的儿子琪。琪日后可能是太子的重臣。朕不能不长远考虑啊。”

皇后还是有点不放心，说：“丞相是文官上阵，胜算难说。受伤、致残、打败、被俘都有可能，发生这些意外怎么办？”

“多虑，多虑。朕在丞相身边有卧底，关键时刻会代朕便宜处置。只有战胜或战死，不会有第三种可能。”皇上信心满满。

大军浩浩荡荡地开赴边关，一路上，皇上气定神闲，谈笑风生。

丞相也是一副笃定泰山的样子，不像是去打仗，倒像是去赴宴。他已买通了皇上身边的小福子。他对小福子说，及时通报皇上的行动与言谈，是为了能更好地保护皇上。小福子想想也是，深信不疑。

丞相是这样想的，只要掌握了皇上的一举一动，一言一行，就有了主动权，就有了七八成的胜算。

皇上的大军尚未到达边陲，但边关的将士与敌方的匈奴已知晓了御驾亲征的消息。因为丞相派出的亲信已先行一步，高调地晓谕了御驾亲征。丞相的算盘是这样的，匈奴闻知御驾亲征，无非两种可能，其一，望风披靡，避其锋芒；其二，机会难得，斩杀皇上。假如是前者，就是不战而胜，上上大吉；假如是后者，则凶险万端。那就孤注一掷，拼死一搏，侥幸胜了，给皇上留个护驾救驾的好印象，尽臣子本分，日后论功行赏，皇上不会让有功之臣吃亏的。万一敌强我弱，大势已去，那就只能用下下策，那就怪不得臣子不忠了。反正第三手的预案已经成熟，走一步看一步吧。

边关越来越近了。君与臣各有各的算计，都不露声色地观察着对方，布着下一步棋。

逃得了和尚逃不了庙

在江苏太仓一带，600多年来，一直流传着一个怀让寺改名广孝寺的民间故事。这个故事的主人公就是住持方丈道衍和尚。

说起道衍和尚，现在的年轻人可能有点陌生了，但在600多年前的明代，却是位赫赫有名的大和尚，国师级的人物——大名姚广孝。

姚广孝是当年的长洲人，即后来的江苏吴县，如今已并到苏州市，成为吴中区了。

姚广孝14岁就剃度出家，在苏州妙智庵为僧，年轻时颇好学，精通佛、道、儒、兵诸家之学。

1375年（洪武八年），姚广孝以通儒僧人的身份被明太祖召入京师，一开始并没有重用。后来，马皇后病逝，因随侍诸王，诵经祈福，认识了燕王朱棣，两人一见如故，甚是投缘。于是，他索性随朱棣到了北平，任庆寿寺住持。得以有机会时常出入燕王府，成了朱棣信得过的谋士之一。

建文帝朱允炆即位后，因削藩，动了朱棣的奶酪，朱棣极为不服。姚广孝一看机会来了，就鼓动朱棣起兵南下，史称

“靖难之役”。

作为军师姚广孝献计：轻骑挺进，径取南京。后来，朱棣果然顺利夺取南京，登基称帝。姚广孝功莫大焉。

朱棣当了皇帝后，论功行赏，要册封姚广孝。谁知他向朱棣奏道，“臣自记事起就无父无母，长姐为母，养育之恩，栽培之功，不敢忘怀。请陛下先封臣姐，再赏臣下”。

朱棣准奏，姚广孝衣锦荣归，满心欢喜地回了长洲老家。谁知其胞姐已削发为尼，这对他打击很大。第二天他寻访到姚峰山的尼姑庵，要求面见胞姐，想告知姐姐他带来了皇帝的诰封，想让姐姐高兴高兴，想让姐姐为弟弟的成就骄傲。但他万万没有想到姐姐完全是正统皇权思想，早就不满弟弟助朱棣篡位。因此，姚广孝一见其姐姐面，就遭到一顿劈头盖脸的训斥：“你不思报效朝廷，不精研佛学，却出歪点子怂恿燕王谋反，为了个人的功名，挑起战火，一将功成万骨枯，使得多少生灵涂炭，罪孽啊罪孽！我没有你这个弟弟，耻于做你姐！”并做了个与姚广孝割断关系的动作，这以后，再不言语，拂袖而去。

这件事对姚广孝的刺激太大太大，仿佛一盆冰水兜头浇下，让他透心凉，也让他清醒了许多。从此以后，姚广孝失联，不知所终。

开国功臣尚未封赏就失踪无影，这使朱棣脸上有点挂不住。他下旨寻找国师姚广孝，并言明找到重重有赏，但依然杳无音信。

一晃好多年后，这事也就淡了。

那年，太仓靠长江口的茜泾古镇的海塘堤岸年久失修，朝廷派人前来监管修造，其中有一个营官曾跟随过姚广孝，在修海塘期间，无意间在茜泾古镇北街的“怀让寺”里见到了一老和尚似曾相识，经细辨竟发现就是失踪多年的国师姚广孝，此事非同小可，他急忙派人汇报给朝廷。

朱棣见姚广孝执意不肯为官，也就不再勉强。为了昭示不忘功臣，特御赐建一幢寺院，以表皇恩。

钦差到了太仓茜泾古镇后，就在怀让寺的旧址大兴土木，开始了建造。由于朱棣只笼而统之说建一幢寺院，没有具体说造多少间，钦差就按庙寺的最高规格建了5048间，整整花了七年时间。

就在即将竣工完成前夕，不知是天意，还是人为，一场突发大火燃起，火借风势，越烧越旺。寺里寺外乱作一团，所有的人都忙着救火。等扑灭大火，唯独不见了姚广孝，又是遍寻不见踪影。这可把钦差大臣吓坏了。连忙向朱棣汇报，并请罪。

朱棣明白姚广孝的心意，也不追究，顺水推舟说：这个姚广孝啊，智者千虑，也有一失，他哪里知道，逃得了和尚，逃不了庙。传朕御旨，改“怀让寺”为“广孝寺”，人走庙在嘛。

由于此话出自明成祖朱棣之口，后来就从宫中传到了民间，经过几百年的演变，就成了老百姓口中流传甚广的俗语，一直流传至今，少说也有600多年历史。

爆　炸

微山湖夏天的太阳很毒，好像长着反刺的老虎舌头，舔在脸上手臂上热辣辣地疼。才早上 8 点，阳光下的田野已经像桑拿房了，稍一动弹，汗就吱吱吱地冒出来。只有那些生命短暂的鸣蝉，不知死活地拼命叫着，叫得人心烦意乱。

年锻炼带着 4 位文学爱好者到地质队来体验生活，收集创作素材。

这是离微山湖一箭之遥的一片庄稼地，除了田埂上有几棵老柳树，就是开阔的农田。地质队的工人们在地里每隔几十米就竖起了一台钻井。那拳头粗的钻头正朝地下钻探着，打到岩石层后，技术人员就把炸药放进钻头打出的圆孔中，炸药的一头通着电线，等一切就绪，在接到引爆器上，引爆员用力一按起爆器，炸药就爆炸了，爆炸产生的冲击波就自动记录在停在田边路的仪器车的记录纸上，技术人员分析这些波纹，就可以知道地下煤层的厚薄。

年锻炼是带队的，本身没有任务，他只要带好他们，让他们了解、采访到第一手资料，就算完成任务，尽到责任了。

年锻炼在现场看到了一男一女两位地质队的人员，男的 40

来岁，戴着眼镜，像个技术人员的样子；女的20岁稍出头点，胖胖的，皮肤白白的，一看就知道是城市女孩，两人无疑是师傅与徒弟的关系。年锻炼看到他俩坐在田里的一堆盘着圆形，状如军人米袋子似的东西上，也就老实不客气地过去一坐，并自我介绍了起来。他告知“眼镜”，自己是矿工会组织的首届文学创作学习班的班长，今天带4位学员来体验生活，了解情况。

眼镜一听年锻炼的口音说：“你是哪里人？与我家乡的口音很像。”两人就此聊了起来，原来还真可以说是半个老乡，原来“眼镜”是上海嘉定人，年锻炼是邻县的娄城人，也就相隔十几公里而已。

两人越说越投缘。在闲聊中，年锻炼知道了“眼镜”是地质队的工程师，因为夫妻分居两地，组织上已同意他调回嘉定。是明天晚上的火车，今天有个当班的技术员，老母亲生病住院，请了假。“眼镜”临时来替他上班，算是站好最后一班岗。

那天，年锻炼没有戴草帽，不知不觉坐了近一个小时，晒得他头皮都发烫了。他见聊得也差不多了，就对带来的4个学员说：“走，去车上看看。”其实，他是想去车上躲避一下太阳，凉快凉快。

4个学员也想去车上，但年锻炼不发话，他们不敢自说自话去。现在年锻炼发了话，就一个个直奔车上。

年锻炼与“眼镜”约定：日后回娄城探亲，一定去嘉定拜访“眼镜”。

年锻炼是最后一个到仪器车的，当他前脚刚跨上去，突然听到声后传来一声震耳欲聋的爆炸，那爆炸的冲击波瞬间把仪器车的车玻璃全部震碎，碎玻璃掉了一地，那仪器车摇了好几摇，差一点就翻身倒了。年锻炼跌倒在车子的踏脚板上。头上像天女散花似的掉下大量的泥块。

等他爬起来，往后一看，妈呀，“眼镜”与那个女徒弟都不见了，那地方出现了一个巨大的坑，其形状就像一个硕大无比的锅底。年锻炼发疯似的冲过去，竟然看到锅底有一个肉团在滚动，嘴里发出撕心裂肺的惨叫。再一看，这不就是刚才那胖女孩吗？爆炸巨大的冲击波，把女孩身上的衣服不知炸到哪儿了，唯有一条花短裤还紧紧地贴在她滚圆的屁股上，上身已完全赤裸。年锻炼冲到坑底，想抱起女孩，但哪抱得动，还好学员中的阿强身高力不亏，一个抬脚，一个扛头，把女孩抬上了仪器车。司机赶紧发动车子向矿工医院疾驶而去。

一路上，女孩杀猪般地叫着：“我的眼睛！我的眼睛！”

年锻炼只能狠心地按住女孩的两只手，怕她去抓血糊糊的眼睛。

直到这时，年锻炼才看清了女孩的伤势。女孩的右太阳穴处有个洞，血还在冒着，整个脸布满了血，根本看不清哪是眉毛哪是眼，她所有的头发都朝上竖着，被泥土与血裹着，变得硬邦邦的。女孩的一个乳房已炸没了，胸前血肉模糊一片。整个车厢里，弥漫着血腥味与炸药味，那味道很难闻，让人有想吐的感觉。年锻炼从来没有当过兵，更没有上过战场，但他忽然意识到，战场上，大概也是这情景，这味道。

外科医生可能看惯了流血与死亡，很镇静，没有丁点的大惊小怪。一个男医生让年锻炼与阿强把女孩抬到手术床上，一个继续按住手，一个继续按住脚。医生一只手拿着酒精棉花，一只手拿着一把镊子，把镶嵌进女孩皮肤的小石子、小树枝与泥块，一一镊出来，镊出一块，就用酒精棉擦一下，每擦一下，女孩就发出尖利的喊叫。想想也是，伤口上擦酒精棉能不痛吗？

后来，护士进来了，年锻炼与阿强就被请到了急救室外。

说实在的，护士再不来，他们俩的神经就受不了了。

爆炸惊动了矿领导，年锻炼与阿强带领导又来到了爆炸现场。这时，年锻炼突然发现两条狗在争抢一条腿。年锻炼这才想起了“眼镜”，坏了坏了，八成是“眼镜”的腿。经寻找，在一棵枝繁叶茂的老柳树的枝杈上找到了“眼镜”的另一条腿，还在几十米外找到了眼镜的遗骸，但下半身已空了。

后经事故鉴定：那女孩可能思想开小差，误操作了。本来应该把已经塞到钻孔里的炸药引爆，但她却把坐在“眼镜”屁股底下的炸药的线头插在了引爆器里，结果把“眼镜”送上了天。

年锻炼想想真是后怕，如果当时他还坐在那儿与“眼镜”聊天，飞上天的可能不止“眼镜”一人了。

女孩大难不死，但眼睛瞎了，终身残疾。

地质队举一反三，开展了安全教育活动。

本来没有写作任务的年锻炼，写了一篇长篇通讯报道，发在了《安全生产》杂志上，还据此写出了散文《眼镜，我的半个老乡》、短篇小说《误操作》。

拆围墙

市委荣书记是空降干部，在娄城没有亲戚朋友，没有老同事、老部下、老同学、老战友等关系，因此，他做事不用考虑各种各样的关系，方方面面的利益，可以放开手脚，甩开膀子，大刀阔斧地干。

这不，他来了一年不到，就一锤定音拍板新建政府大楼，造在远离市中心的老鹰湾。

机关里十个倒有九个持反对意见的。为什么？

你知道老鹰湾是什么地方，说得难听点，乃夜猫不拉屎的地方。这地方前不巴店，后不挨村，正好一条河流在这儿有个弯头，两面临水，土墩上杂草遍地，灌木丛生，有几十株数百年的老松树、柏树、桧树，有老鹰的巢穴，就被当地老百姓叫成了老鹰湾。不知哪朝哪代，有人看中了这儿的风水，开始有了坟茔，这儿就更阴森森了。民国时期，一直到20世纪五六十年代，甚至到了七八十年代，这里成了处决犯人的所在地。有人说，风雨之夜，这儿鬼哭狼嚎，很是瘆人，夏天还常有鬼火飘忽，故而，就连大白天也很少有人跑到那儿去放羊、割草。

前面几任市委书记也曾打过这儿的主意，想把这地块挂牌开发，但开发商一听老鹰湾都摇头，连说晦气，不愿要这坟茔之地。这事也就作罢了。

荣书记是外地干部，他对娄城的历史当然不是很清楚，说实在的，他也不想弄清楚，他要的是 GDP。市委办公室主任是当地人，与荣书记说了，荣书记很不以为然。在一次全市副局级领导干部会议上，就把反对市政府建造在老鹰湾的人狠狠地敲打、批评了。

荣书记问："市财政有钱吗？没有！没钱市政建设就不搞了，当然不行。钱会自动跑来吗？不会。想要钱，得动脑筋，知道不知道。现在的市委市政府大院在市中心，是个有五百多年历史的州衙门所在地，风水宝地啊。房地产商眼馋哪。眼馋就给他们，但得让他们大出血。房地产商给了钱，就能轻轻松松把新市委市政府造了。造在了老鹰湾这土地最不值钱的鬼地方，就把老鹰湾周边的地价带起来了，一来一去，你算算可产生多少 GDP 啊，这叫什么，这叫土地置换，这叫置换经济。

"我们机关干部，十有八九是党员吧，却还迷信，还信风水。要知道，政府大院搬过去了，阳气就足了，风水就转了。谁再在背后嘀嘀咕咕，瞎议、乱议、枉议，就要党纪处分了。处分谁？我只处分一把手。各单位人员的思想工作由各单位一把手搞定，要不然，要你们这些一把手干什么？"

市委市政府大院在建造的同时，荣书记又下令："凡沿街的单位，除企业以外，围墙一律拆除！理由是和谐社会，怎么能让高高的围墙把老百姓挡在外面呢，不少单位的绿化美不胜收，一堵高墙挡了，老百姓硬生生看不到，拆了，就是让普通百姓也能欣赏到，所谓资源共享嘛……"

有单位软磨硬抗，说什么拆了围墙不安全，拆了围墙保安力量不够。荣书记批评：死脑筋，都什么年代了，还弄几个爷爷辈的人当门卫，太落伍了。你们就不会装上探头，用现代化设备来监控管理吗？是呀，这确乎是个新思路。

有单位雷厉风行地拆了围墙，还把单位的空地划成停车位，让社会车辆也能停泊。此举受到了方方面面的好评。荣书记在多种场合表扬了带头拆围墙的领导。媒体很快跟进，让那些跟上形势的领导现身说法风光了一番。这一来，那些拖着不拆的也只好乖乖地拆了围墙。

沿街的围墙一拆，整个城市果然面目一新。要知道有些单位的围墙内，亭台楼阁很考究的，奇花异木，花了很大一笔钱，像个小花园似的，景致相当美，只是平素与老百姓无缘而已。

三年后，市政府大楼造好了，竟然没有围墙。这在当今的城市不说绝无仅有，至少凤毛麟角。老百姓也啧啧称奇，说这个荣书记有魄力。

当地电视台为此做了专题，当地报纸也花整版的版面进行了报道，也许是当地媒体宣传力度大的缘故，惊动了省电视台与省报的记者，这一报道，自然又成了荣书记的一大政绩。

到年底，荣书记到娄城就满五年了，即做满一届了。一般规律，就要提拔了，而且荣书记有魄力，有开拓精神，大家是有目共睹的。外界都在传：荣书记要高升到省里去了，看来不是空穴来风。

事情的突变是在春节后，荣书记毫无征兆地被“双规”了。据说是邻市的一件经济案子牵连到了荣书记。

后来查清有家华东诚信贸易公司，生意做得很大，其中一项业务就是销售探头，光在娄城就装了两万多个，而且售价要高出市面好多，这家公司光这一项就发了笔大财。据计算，因为拆围墙，多招收了大批保安、辅警、民警、特警，市财政支出大大提高。再一查，华东诚信贸易公司真正的股东老板姓荣，占了百分之五十一的股，还是干股。

哇，原来如此！一时，街谈巷议，议论纷纷。

传家宝

有一档“家有传家宝”电视节目，开播几期，就引起了不少观众的兴趣与好评，说是比有些鉴宝节目有品位，收视率很快飙升。

这节目之所以火，原因不外有二：其一，是传家宝极少有赝品、有假货；其二，传家宝往往有故事，有真实的故事，与煽情无关，与编造无关。

这不，上一期来了一个三十多岁的八零后，他说：他要借这个平台，晒晒他爷爷传给他爹，他爹传给他的一件宝贝。

什么宝贝呢？

一块银圆。

观众席上顿时发出嘘声一片，类似喝倒彩。

你想想，上几期，人家亮出的都是压箱底的宝贝，有的传了好几代人，有的价值连城。你一块小小的银圆，有什么资格到这个大舞台来显摆。大家都不以为然。

这位八零后，不亢不卑地说：“刚才有人可能认为我小题大做了，一块银圆也能算宝贝。是的，一块银圆值不了几个钱，但在我家，确实当作传家宝，因为没有这块银圆，我爷爷早不在人世，也就没有我父亲，没有父亲就没有我。

“好，不扯远，我来说说我家这块银圆的来历。

“那是1943年11月，著名的常德会战马上要拉开了。我爷爷石国栋当年是王耀武将军手下的兵，开战前两天，当官的给每位士兵发了三块银圆，说放一天假，该吃的吃，该玩的玩，上了战场，这命就不是自己的了。

“什么意思，当兵的都懂。那放假的一天，整个常德的饭馆、酒铺全部客满。

“我爷爷家里穷，拿了这三块银圆，高兴坏了，一刻不敢耽误，赶到邮局，寄了两块到家里。他上过战场，知道打仗的残酷，也知道小日本的武士道精神可不是瞎吹的，一交火，就是你死我活，也许过不了几天自己就为国捐躯了，但这两块银圆如果寄到家里，多少能给家里若许帮衬，也算自己为家里尽了最后一点力。

“我爷爷留下了一块银圆，在盘算着怎么花。他走过小酒馆，想一醉方休，可银圆都攥出了汗，终究没舍得花。

“就在我爷爷在常德街上漫无目标转悠的时候，看到前面有几个人围着在看什么，挤过去一看，有位老妇人在伤心地哭诉，说：自己被人骗了，给了她一块假银圆……”

石国栋感觉那老妇人有点像自己的娘，感觉就像自己的娘被人骗了。他上前对老妇人说：“大娘，不要哭了。你把银圆给我看看，到底是真是假？”

石国栋把老妇人递给他的一枚银圆放到嘴前，用力吹了一口气，又放到耳边听回音，吹了两回，听了两回后，他把银圆还给老妇人，说：“这银圆是真的，你赶快拿着回家吧。”

老妇人开始不肯相信，她反反复复看了手里的银圆，也吹了一下，听了一下，破涕为笑。难道刚才自己眼花，疑疑惑惑的她，对着石国栋千恩万谢而去。

石国栋把换下的假银圆放进了自己的上衣口袋，回到了兵营。

第三天，石国栋就在常德城外与小鬼子干上了。那仗啊，打得天昏地暗，眼看自己的弟兄一个接一个倒下，石国栋知道，也许下一刻就轮到自己了。突然，一颗子弹击中胸口，他倒下了，但竟然没有死，一摸胸口，那一颗子弹打在了假银圆上，假银圆被打出了一个瘪囊，差点就穿了。谢天谢地，这假银圆什么材质，挡住了子弹，救了他一命。石国栋怀疑那老妇人是菩萨化身，来考验他的，来度化他的。从此，这块银圆再没有离身，他一直妥妥地保存着。

新中国成立后，石国栋把这故事讲给了他儿子听，把银圆当作传家宝传给了儿子。告诫他：多做善事，自有福报。

八零后小伙子说："前不久，我爸把这枚银圆交到了我手里。他什么话也没有说，但我懂他的意思。"

八零后小伙子又说："我今天来这节目，不是来炫耀我家的宝贝，更不是来拍卖宝贝。我只是想告诉各位，我愿意做义工，算是回报社会。"

另外，如果有哪家博物馆想收藏我爷爷留下的这枚银圆，我也愿意捐赠。毕竟，与 70 多年前的抗战有关，这枚假银圆是一个小小的见证。

突然，观众席上爆发了长久的掌声。

房子买卖

庞某人，外号“庞学霸”，娶了个才女钦琦素。两个外地人，大学毕业后，双双落户大上海，找到了不错的工作，靠的什么？靠的是真才实学。

不过要在上海买房，筑两人的爱巢，还是心有余而力不足。好在双方父母都爱子爱女心切，都心甘情愿出血，把一生的积蓄全给了他俩，加上才女的贷款，总算在上海买了79平方米的房子，有了属于自己名下的房产，结束了租房子的过渡期，小日子开始过得滋润起来。

去年，楼市一度低迷，才女的闺密劝他们可以换个大点的房子，还给他们算了一笔账，说先把现在的79平方米的房子在二手房市场出手，估计可卖250万元，加上这几年的积蓄，换个140平方米的房子还是有可能的，这样就可以把双方的父母轮流接来，好好孝敬孝敬。

庞学霸心思都在事业上，多一事不如少一事，本不想换房，经不住娇妻在耳边唠叨，就同意了，在年底的时候把79平方米的房子出手了，与买主说好先租住半年，等新房装潢好了再搬。买家一口答应。

庞学霸是个看到装修就头晕的人，坚持说买精装修的房子，到时把东西搬过去就行，简单、省心。但才女不肯，说这次买房可能要住一辈子，一定得按自己的意愿装潢，一劳永逸。庞学霸不想为这些家庭琐事争来争去，就说，老婆大人定吧。

才女要他一起去看房。年底年初，正是庞学霸单位里最忙的时候。庞学霸说："等忙过这阵，我索性请几天假，陪你好好去看看房子，一定让你挑得称心满意。"

才女说："忙忙忙，你就知道忙，万一房子涨价了怎么办？"

庞学霸哈哈大笑，说："你呀，不是我说你，头发长见识短，还才女呢，马上要开'两会'，怎么可能在这阶段涨价，跌价还差不多。"

"不怕一万，就怕万一，早买早放心。"才女还想说服老公。

庞学霸说："我和你打赌，涨不了。房子不断崖式下跌，那些房产商就得烧高香了。你就知道写你的诗，不好好看报。中央近期的政策是什么？是去产能，去库存。什么叫去产能，去库存？就是房子造得太多了，卖不掉。常言道：物以稀为贵。多了，自然降价。说不定，到'两会'前后，房价又大跌，老百姓一片欢声雀跃。如果这几天去买房，不是傻乎乎地送钱去给房地产商人发年终奖吗？"

才女越想越觉得老公的话有道理，就不再逼他去看房了。她盘算着，如果真如老公说的，房价再降点，那手头这些钱不是可以买更大的房子了吗，将来与老公一间，给儿子一间，给老爸老妈留一间，最好再弄个书房，这就称心如意了。

天有不测风云，过了春节，似乎没有楼市降价的利好消息，有些一线城市反而逆势上扬。

才女有点坐不住了，她对庞学霸说："老公，有点不对劲，这房子看来还得涨。"

“不可能，你没有看到二、三线城市的房子在跌价吗，现在中纪委查得紧，那些房婶房姐、房叔房爷都准备大面积抛售呢，谁捂房。逆势上扬那是假象，那是房产商做的宣传。信不得，信不得。”庞学霸依然自信满满。

到了三月份，风向不对了，那房价三天一小变，十天一大变，蹭蹭蹭地往上涨。售房的地方竟然有了连夜排队的滑稽现象，那些售楼小姐一个个牛了起来，买房要走关系了。网上调侃说，买楼房好像买白菜，真金白银当清明节的冥币烧了。

才女急了，埋怨起了老公来：“你不是说铁定不会涨的，现在涨得连家也不认识了。怎么办？再不买，那250万元，想买回原来的房子都不可能了。”

庞学霸看不懂了，老老实实承认自己是书呆子，是大傻瓜，连忙请了假去银行办贷款，等贷款到手，房子几乎翻番了。庞学霸这才明白GDP原来是这么上去的，可惜为时已晚。

顾不得检讨，顾不得埋怨，夫妻两个连夜去排队，一副饥不择食的样子，结果连房型也来不及细看，就像抢东西似的抢购了一套，签了购房合同，回家细看，只比原来的大了十几平方米。第二天去看了房子，因为是高层，公摊面积多，得房率低，也就比原来大不了几个平方米，却比原来的房子多花了整整250万元，其中两人的积蓄50万元，银行贷款200万元，庞学霸觉得胸口堵得慌，似乎一口血要喷出。才女不敢再数落他，怕自尊的老公经不住这打击，反而一叠声安慰他。

半夜，翻来覆去睡不踏实的才女听到老公在梦中凄厉地喊道：“抢钱哪！抢钱哪！”

飞来的遗产继承

李政在娄城的政府机关工作，任副科长，按行政级别是副部级，属机关里最低的一档级别。但李政很满足，他认为自己不是当官的料，做个副科长也就可以了，至少不是大头兵了。多年来，他一直过着朝九晚五的生活，早上去上班，晚上按时回家，没有夜生活，也很少有应酬，循规蹈矩，安分守己，日子无波无澜，不咸不淡地过着，平平常常，安安静静。

有一天，他突然接到新西兰一家律师事务所寄来的挂号信函，请人翻译后才知道：他的一位远房亲戚临终前指定李政为遗产继承人，他将获得继承一家羊绒店，从信上看，这羊绒店有 300 多平方米，不算大，也不算小。羊绒店值多少钱，信上没有说。不过，李政知道新西兰的羊绒是很有名的，国内不少土豪很喜欢新西兰的羊绒制品，老值钱呢。

李政做梦也没有想到会有这样的好运降临到自己的身上，真是做梦也要笑出声来。

长期的机关生活，使李政养成了嘴巴严的习惯，他在单位里照样上班，不露风声，不动声色，但常常请假，去律师处咨询相关问题，去办理出国事宜。

可他老婆娟子的嘴就没有那么严了。娟子恨不得逢人就讲，讲他老公要去新西兰继承遗产了，说不定再过半年几个月的，她也要跟老公移民新西兰了。

娟子的小姐妹们好羡慕啊，开始叫她“富婆”，让她出血请客。娟子想老公马上就要继承大笔遗产，鸟枪换炮是早晚的事，请客就请客。

这一吃一请，在娄城很快传开了：李政与娟子夫妇马上要移民新西兰，要成土豪了。甚至有人还半认真半开玩笑地说：“明年我们到新西兰旅游，住你家里怎么样?”

娟子一口应承，说：“没有问题。”

李政向有关方面提交申请，按部就班地办理着去新西兰继承遗产的相关手续，如身份公正，领护照、办签证，买飞机票等。

有了心事，日子就过得慢，好不容易熬了三个月，把所有的手续都办妥，准备出国了。可万万没有想到，临走前两天的傍晚，李政接到新西兰警方的电话，说了一大通他听不懂的英语，好不容易请来翻译，最后弄清楚：因店主过世，店堂关门打烊，只有一个老头照看，因电线老化，短路起火，而羊绒是易燃品，待看店的老人发现，为时已晚，等消防车赶到时，大火已窜上了屋顶，竟把那300多平方米的羊绒店烧了个一干二净，所有资产在这场大火中焚烧殆尽——也就是说：李政没有遗产可以继承了，一切都白忙乎，白开心了，一把火把他李政烧回到了人生的原点。

李政只好重回机关上班，从此以后，他似乎变了一个人，整日愁眉不展，他无法忍受这种大喜大悲的打击，逢人便诉说自己的不幸，像当年的祥林嫂似的。“那可是一笔很大的财产啊，我一辈子的薪水可能还不及它的零头呢……”

同事们原先都嫉妒得要命，现在一起怀着无比轻松的心情陪着他叹气。唯有李政的顶头上司张科长非但不表同情，反而认为他自寻烦恼。“在一个你从未到过的地方，有一家你从未见过的商店遭了火灾，你有必要这么沮丧，痛心疾首吗?”

“可那是我的商店啊!”李政带着哭腔。

“你不是和从前一样，什么也没有失去吗?”张科长说道。

“300 多平方米的房产，还有店里的羊绒制品，怎么说都是笔不小的财产，都应该是我的，现在轻飘飘一句什么也没有失去！轮到你，能接受吗?”李政反问。

“你当这事没有发生过，原先怎么过，现在还怎么过，不就啥事没有了?”张科长还在劝慰他。

李政认为说风凉话容易，说安慰话容易，假如轮到自己头上，可能还不如他呢。总而言之，心疼!

李政看到老婆比自己更伤心，才理解不是一家人不进一家门。

从此以后，李政家几乎没有了往日的恬淡、和睦，李政夫妇也没有了从前的笑容。

一年后，李政就一病不起，有人说他得了忧郁症。也许吧。

“富二代”从也隆

从也隆这孩子用现在的新词汇套之，就是所谓的“富二代”。从小娇生惯养，被宠着护着，属于那种不知油盐柴米贵，油瓶倒了也不扶的主。

家里有钱，他妈又把他当心肝宝贝地惯着，他哪有心思好好读书，考试成绩总有一两门挂红灯笼。

从也隆对他母亲说：“我不是读书的料！”

母亲想：读不好就读不好，随便学样本事吧。给他报了古琴班，告诉他，在中国古代，琴棋书画，琴是排在第一位的。可从也隆去了三次，再也不肯去了。他很干脆地说：“我没有音乐细胞。”

他母亲又给他报了书法班，坚持了一个月，又打退堂鼓了。

他说：“太抽象了，太枯燥了，没有劲，不想学。”

他妈也管不了他，他就在社会上呼朋招友，哪刺激去哪玩。认识不认识的人说起他，两个字：玩主。

他是很偶然地知道自己在邻居与别人嘴里，竟然是个白相人、小混混一类的人，极为反感，恨不得把那个说的人揍一顿。

他父亲担心他学坏，一直在想用什么来拴住儿子这匹野马。

转机在一次摄影展览上。父亲有个老朋友丁教授是中国摄影家协会会员，举办了一个“一带一路”摄影展，因为丛也隆父亲是赞助者，以嘉宾身份被邀请去参加，他把儿子也带了去。

平时对什么都提不起劲的丛也隆这回一返常态，好像被吸引住了，还口无遮拦地评论了起来，这幅好，那幅妙，这幅有欠缺，那幅不理想……

父亲制止他不要乱说。丁教授说：“你儿子玩过摄影吗？他对摄影作品的审美还是有点品位的。”

因了这契机，丛也隆的父亲买了全套的摄影设备，让儿子拜丁教授为师，学学摄影。

也是奇了怪了，自从拿起照相机，跟着丁教授外出了几次采风。丛也隆居然迷上了摄影，只要摄影家协会有外出采风活动，他都积极参与。

学摄影一年之后，他对父亲说：“我也要像丁教授一样出版自己的摄影集，举办摄影展。”父亲很欣慰地说：“老爸全力支持！”

学摄影三年之后，他对父亲说：“旅游式的采风很难拍摄到精彩的照片。见什么拍什么，那是摄影的初级阶段，成功率低。”

但如何给自己策划、定位呢，丛也隆一直在思考这个问题。

一次，丛也隆与丁教授去贵州的一个山区采风，为了拍摄到与众不同的好作品，丛也隆与丁教授两人雇了摩托车，深入到游客去不了的山区，他们想拍摄一些原生态的生活场景。

两人拍着拍着就走散了。丛也隆就一边问一边走，可山区人少，好不容易见到一家人家，丛也隆就去问路。黑咕隆咚的屋里有个中年妇女在奶孩子。丛也隆吃了一惊，在江浙沪一带，哪有四十多岁还生孩子的。他准备征得这中年妇女同意后，认认真真为她与她怀里的孩子拍几张照片，应该有震撼力的。

中年妇女一听丛也隆的口音，知道他不是当地人，等弄清了丛也隆的身份后，到门口看看没人，突然跪在丛也隆面前说："救救我，救救我！我是被拐卖来的。"

丛也隆被眼前的一幕惊呆了，忙问："你是哪里人？哪一年被拐卖的？"

那中年妇女很紧张地断断续续地说她是苏北人，具体哪个县市就不清楚了，三四岁的时候被拐卖的，今年二十多岁，生了两个孩子……

丛也隆再一次被惊得目瞪口呆，眼前这中年妇女说她才二十多岁。可岁月已把她摧残得凋零了。

"好，我帮你，一定帮你。你想想，你当年被拐卖时，身上有没有你家里的什么东西，否则口说无凭呀。"

"有，有一个银手镯。我去找找。"女人在翻找的时候，他男人突然回到家，态度极横蛮地把丛也隆赶了出去，那凶相，恨不得要吃了他。

丛也隆很懊悔没有先抢拍一张那女人的照片。

找到丁教授后，丁教授劝他赶快撤，要不然被追打都有可能。

这次采风回来，丛也隆念念不忘的是那个被拐卖的女人。他把前后经过写了，发到了"寻找孩子网"上，祈求她的家人能看到。

从此以后，丛也隆像变了一个人似的。有事没事，总会去"寻找孩子网""宝贝回家网"看看。

他给自己的摄影定了专题，拍摄边远地区老百姓的真实生活，其中包括解救被拐卖的孩子，他觉得自己应该为受苦受难的孩子们出点力。

大约半年后的一天，苏北宿迁有一位姓陈的大叔打来电话，说看到了丛也隆发在网上的文字，认为与他们丢失的女儿的情况很相像，希望带他们前去相认、解救，并说有重谢。

丛也隆说：千万千万别说“谢”字，作为一个有良知的公民，他愿意帮他们联系全国打拐办，一起去寻找。

这联系、寻找的过程就不细说了。经过当地公安局的配合，以及 DNA 的验证，证明确实是苏北宿迁陈大叔家的女儿。

陈大叔与他的女儿一家都要跪在丛也隆面前道谢。丛也隆把他们拉起来，说：“使不得，使不得。我只想证明，我不是个玩主。我只想做一个对社会有用的人。”

怪医生

聂三鑫生病，西医、中医都看了，西药、中药都吃了，并无效果，自病自得知，聂三鑫意识到自己的身体出了大问题。看来唯有请怪医生碰碰运气了。

怪医生在社会上毁誉参半，信他的把他捧到天上，说他心眼好，医术好；不信他的说他非科班出身，没有正规行医执照，属江湖野郎中。

怪医生轻易不出诊，找上门来的也要视他心情，决定看还是不看。聂三鑫送了礼，托了人，转了几个弯，总算找到了过硬的关系，据说与怪医生家是世交，属铁杆朋友级别，怪医生磨不开这面子，终于上门出诊。

大面子啊。一家人诚惶诚恐，像蒙童第一次见塾师似的。怪医生倒没有啥架子，只是淡淡地说："说说病情。"

聂三鑫一五一十地说了。怪医生若有所思，不置可否。

怪医生又看了看聂三鑫的舌苔，把了把脉。之后，又问了聂三鑫的饮食起居，以及大、小便等情况。

说："没事，没事。有我在，放心放心！"

这时，怪医生的手机响了，他接了电话。听电话那头的声音，似乎很急。怪医生轻轻地说："好，好，我马上过来！"

怪医生对聂三鑫说："我说你没病，你肯定不相信；我说你病得很严重，那有违医德。静养一个月，试试。一个月也不必请其他医生，请了也白请，也不必吃什么药，无非花冤枉钱。一个月后，有空我一定来复诊。"

什么意思？药也不开，钱也不收，茶也不喝一口，说了些等于没说的话，就这样走了，莫非没得治了？这几乎是一定的。

聂三鑫这回是真急了，死马当活马医，又高价请了多位名医、神汉、巫婆，花了不少钱，吃了不少药，折腾了好几回，好像都无济于事。聂三鑫的精神头一天不如一天，看来大去之期不远了。

一个月终于快到了，还是请怪医生吧。聂三鑫老婆郑重其事地来到怪医生的家，怪医生指指一长溜排队的病人，说："你看我今天走得开吗？"第二天，聂三鑫老婆再去，怪医生指指天，说："今日不宜，我后天去吧。"聂三鑫老婆虽然一肚子怨气，但还是千恩万谢地回了。临走时，她听得怪医生自言自语说："如果病人能撑到月圆之夜就有救了。"

月圆之夜不就是后天吗。一天过去了，两天快过去了，等啊等。天黑了，怪医生还是没有到，打电话过去，怪医生说："忙完就过来，就算不睡觉也一定过来！"

月亮已升上来了，怪医生总算姗姗来迟。怪医生说："上次是受朋友之托，来看看病人，所以不收诊费。今天是正式出诊，得先付5000元方能开方子。"

这诊费高得有点离谱，说得难听点，有乘人之危的味道，但是你求他，有啥好说的，只能认了。假如能治好，也值！

怪医生很快开好了药方。常言道"久病成良医"，聂三鑫仔细一瞧，全是平常到不能再平常的药，以前其他医生也开过，没有吃好啊。而怪医生一开口，诊费就5000元，这不是近乎敲诈吗？

怪医生已读懂了聂三鑫的眼神，笑笑说：“同样一贴药，量多量少大不一样，少了不治病，多了是毒药。”

聂三鑫唯有点头称是。不过对这服药，还是很不放心。

怪医生好像故意卖关子，起身告辞的时候才说：“还有一味药引子，雷劈的焦木，有就有得治，没有就没得治。”

这不是骗人吗？聂三鑫问：“到哪去找雷劈的焦木？”

怪医生说：“心诚则灵则有。”

聂三鑫忧心忡忡，雷劈的焦木到哪去找啊。

后半夜，大雨倾盆，雷声大作，一道闪电后，一个落地雷下来，劈了后院一棵枸骨树，俗称“鸟不宿”的树。第二天起床一看，果然有雷劈焦木，聂三鑫老婆连忙祷告，磕头如捣蒜。嘴里连连说：“神医！神医！”

聂三鑫看到老婆取来了雷劈焦木，惊得目瞪口呆，意识到自己有救了，精气神一下子好了许多。他老老实实地服了一个疗程的中药，竟日见好转了起来。

大约半个月后，聂三鑫可以下床了，饭量也大增。一个月后，健身健饭，几乎看不出大病初愈。

怪医生再次来看望聂三鑫，送了一枝东北的人参，说：“你补补吧。”

聂三鑫对中药材还是知道行情的，他一看这枝其貌不扬的人参，就断定系野山人参。不行不行，这怎么能收，这枝野山人参的价钱恐怕超过诊费了。

后来，聂三鑫听说：5000元诊费是怪医生的身价，不能少，不能坏规矩。送补品是友情。但其他，则打听不出，关于聂三鑫到底是什么病，怪医生啥也不肯透露丁点，成了永远的谜。

什么怪医生，分明是神医啊！——至少聂三鑫与他的家人是这么认为的，真心实意地为怪医生赢得了不少口碑。

规　矩

邹倜傥乃富家子弟，吃喝玩乐，样样精通，也算是多才多艺。他仗着家里有钱，向来出手阔绰。三日一小宴，五日一大宴，呼朋唤友，落了个好人缘。

看到这里，看官一定会认为这邹倜傥十有八九是纨绔子弟。其实也不然，他结交的并非都是酒肉朋友，不少还有些档次，如画家、书法家、篆刻家、收藏家、古琴家、园艺家等，还有喜欢茶道、花道、香道的，怎么说也算有点品位，玩得蛮高雅的。

当然，他还有一个爱好是听昆曲、京剧，唱昆曲、京剧，是不折不扣的票友。

娄城就一个戏园子，叫良辰大剧院。说实在并不是很大，也就容纳两三百观众。邹倜傥是这里的常客。若有昆剧、京剧演出，他是必到的。那正对舞台的包厢，没有特殊人物来，通常专为他留着的。

邹倜傥新派，看得满意，不往戏台上扔银圆或钱币，他认为那是高高在上，看低了艺人，是不尊重艺人的孟浪行为。他呢，买好一把鲜花，或备好一个花篮，等演员谢幕时，他亲自送上去，以示郑重，以示诚意。

那一年，来了个艺名叫杨花花的青衣，也就二十来岁的模样，长得真是可人，那身段，那线条，该凸的凸，该凹的凹，那红红的小嘴，那尖尖的十指，那嫩嫩的皮肤，那黑黑的头发，活脱脱一个美人坯子，更了得的是她的唱腔，她的做功，一抬手，一投足，风情万种，迷倒众生。

邹倜傥特地差人去花店订了个大花篮，等谢幕时，恰到好处地送了上去。杨花花甜甜地朝他一笑，笑得他浑身都酥了。

邹倜傥通过剧院老板的关系，请这个戏班的班主与杨花花吃夜宵。剧院老板知道这是个不能得罪的主，并且知道他不是恶少，手面大，也就放心去与班主说了，自然说了不少邹倜傥的好话。

班主是在江湖上混饭吃的人，拎得清，就答应了下来。

吃夜宵的席间，邹倜傥还即兴唱了一段，字正腔圆，有模有样，让杨花花对他印象深刻。

这以后，邹倜傥一连十几日，捧杨花花的场，戏班到哪，邹倜傥到哪。因为与杨花花熟了，有时就单独请杨花花吃夜宵。

那晚在隔壁县城演出，夜宵吃到一半，突然下起了阵雨，电闪雷鸣的。邹倜傥乘机说：“这落地雷怪吓人的，你就在我下榻的旅馆住一夜吧。”杨花花没有反对。谁知，旅店客满。邹倜傥就说：“先去我房间聊聊天，等雨停了，我送你回去。”

刚进房间，一个落地雷下来，似乎就在附近，不要说杨花花，就连邹倜傥也吓得够呛。杨花花本能地往邹倜傥怀里钻。邹倜傥呢，一把抱住了杨花花。这后来的事就不用细说了，邹倜傥顺势把杨花花抱上了床……

有了第一次，就有第二次。

说邹倜傥纯粹是想玩玩杨花花，那倒也不是，他确确实实很喜欢杨花花。但如果结婚，没有父母同意，肯定不行。只好拖一天是一天。

有天晚上，杨花花对邹倜傥说她怀上了。

这是邹倜傥最担心的事，事已如此，他只得硬着头皮去对父母说，结果遭到一顿臭骂。“婊子无情，戏子无义，自古如此。与戏子结婚，太有损家族脸面了，万万不成，你若要娶戏子，我与你断绝父子关系！”父亲说得斩钉截铁，毫无通融的余地。

邹倜傥也想到过私奔，但他除了会雅玩，还真没有其他营生的本事，难不成跟着班主跑码头，串县城去唱戏混日子？真落到这一步，吃不吃得了这苦在其次，杨花花还会情愿嫁自己吗？想到此，不寒而栗。

邹倜傥劝杨花花去打胎，杨花花执意不肯。邹倜傥怕真的生下了，日后就被动，不好办了，就拿出他能够拿出的八条小黄鱼、一块玉佩、一个板指、一个鼻烟壶，统统都给了杨花花。

在杨花花去打胎的前夜，邹倜傥去戏班看望杨花花，结果无意中听到戏班的另一位小姐妹在说：“杨花花的月事又来了。看来邹倜傥是个中看不中用的银样镴枪头……”

“啥？有这事。这岂不是把我邹倜傥当冤大头了？”邹倜傥一气之下再也没有去看过杨花花。一晃过了八九个月，一天，班主来找邹倜傥，说杨花花托人带信来，她打胎大出血，要邹倜傥速筹一笔钱去救命。

“救个魂，还在鬼点子，鬼花样。骗鬼去吧。”说着邹倜傥就气呼呼地走了。

三个月后，一辆黄包车拉着杨花花来到了邹倜傥的府上，她手里还抱着一个婴儿。杨花花说：“我大难不死，九死一生，给你生下了儿子。你邹倜傥他妈的还是不是人，竟然提起裤子不认账，今天不给我一个交代，我娘俩就死在你府上了。”

邹倜傥的父亲本来想把杨花花赶出去，但一听为他们邹家生了男孩，一时有点拿不定主意了，至少狠话说不出口了。

“杨花花，我打听实了，你根本没有怀上过，这野种你哪里抱来的，送还哪里去，别在这里演戏了，丢人现眼。”

“你不认账，那好，滴血认亲。如果是你的孩子，你得八抬大轿，明媒正娶！”

邹倜傥有点吃不准了，难道那戏班的小姐妹那天在胡说八道，或者自己的耳朵有问题，听岔了？不，不会的，十有八九是她从什么地方抱了个婴儿来讹我。因此，不肯退步，僵持着。

“那我们法庭上见！如今是民国了，讲法制了。谁也别想一手遮天。我咨询过律师，这非婚孩子也有继承权。你们等着吧。”看来杨花花是有备而来。

邹倜傥被杨花花的气势吓住了。如果是假的，她哪来这胆量，或许真的有误会？

这时，管家急匆匆进来对邹倜傥的父亲说：“不好了，来了一群报社记者，快拦不住了，咋办？”

邹倜傥的父亲是见过世面的人，他知道记者是最难缠的，今天这事稍有不慎，就可能是明天报纸的头版头条，说不定邹家因此就名誉扫地。他一面关照管家去挡住记者，一面对杨花花说：“一切都好商量，我们邹家一定会补偿你的！”

邹倜傥的父亲提出把孩子留在邹家，愿意给杨花花 10 根金条。

杨花花提出最少 15 根金条，否则，就是滚钉板也要把这官司打赢。讨价还价后，又加了两根，才算把这事摆平了。

到底是不是自己的骨血，邹倜傥一直疑疑惑惑。但他父亲说：“就算破财消灾，别再节外生枝了。”

可能因为那孩子越长越不像自己，邹倜傥偷偷去请人滴血认亲，谁知，那医生是个滑头，说百分之五十的可能，这不等于说了句屁话吗。

平平安安过了一年多，杨花花又一次来到府上，说："当年生这孩子时难产，落下了病根，一年光找医生，买药吃就得花大把大把的银子，钱不经用，希望邹倜傥再给个十条八条大黄鱼。如果不给，那我杨花花就破罐子破摔，把一切的一切全抖落给小报记者，你看着办吧。"

邹倜傥不想再让父亲操心，想来想去，只好去找了青帮的仇老大。

仇老大知道邹倜傥是个很清高的人，肯来求青帮，也算是放下身段了。仇老大问手下："这姓邹的按江湖规矩办了吗?"

手下知道邹家前后给了杨花花 12 条大黄鱼与 8 条小黄鱼，还有玉器等，算是行情的双倍。就答："按规矩办了。"

仇老大端着紫砂壶喝了一口铁观音，轻轻地说道："那按规矩办吧。"

第二天早上，当地的娄江浮起了一具女尸，经勘验，定论是酒后失足落水而亡。市井里茶余饭后议论了几天也就不了了之。

再一年后，《申报》上连载了一篇署名魏泉的长篇小说《孽缘孽情》，据说就是根据邹倜傥与杨花花的爱恨情仇为素材写的。在这篇小说里，主人公周风流就是个花花公子、纨绔子弟，而柳絮絮则是生活在底层的弱女子。很多读者都很同情柳絮絮，愤愤不平地骂周风流不是个东西。

因了这篇小说，魏泉名声大振，娄城没有不知道他名字的。

黑车司机与老外

一

阿通是个黑车司机。因为是黑车司机，他不敢光明正大地接客送客，即便这样偷偷摸摸，小心了再小心，可一不小心还是会被交警逮住，逮住就是罚款，一罚款，一整天就全白干了，闹不好还要倒贴。所以要让阿通不宰客，那好比让酒鬼不喝酒，赌棍不赌博，这可能吗?

阿通做这行是新手，但他听资深黑车司机传授过经验，老外最好宰，俗话叫“洋葱头”，他们钱多，不宰白不宰。

也是阿通运道好，想曹操，曹操到。看，这不是来了一个标准老外吗，估计不是美国人就是加拿大人，或者欧洲人，反正是有钱的主，西装革履，很绅士，很土豪。

老外到了车子前，用蹩脚的中文说：“科技大学。”阿通去过，50 元肯定够了。但阿通准备加倍，可他一百元的英文不会说，他的英语水平也就知道“ABCDEFG”而已，他憋了半天说了“one、two、three、four”，老外没有弄明白到底是多少钱，干脆说：“200 元，我有急事，快点!”

阿通一听乐了。说："好嘞，200元！"

发动车后，阿通想：十几分钟就到，收他200元，万一他不肯付怎么办？于是就绕起了路，兜起了圈子。

老外很精明，竟很快发现了阿通的小伎俩，他说："请不要绕路，我去过，不是这路。放心，我说好给200元，就算五分钟到，也不会少你一分钱。"

老外这么说了，阿通不好意思再明目张胆地绕路，直接去了科技大学。到了大学门口，老外很爽气地付了200元，用当地土话，谓之连"咯愣"也没有打一个，还说了"谢谢！"

阿通心想：这老外真是不折不扣的"洋葱头"，宰了他，还说"谢谢！"阿通吹着口哨，一路心情舒畅。

二

阿通很愿意天天碰到老外，可老外乘的士是你想碰到就碰到的吗？老外通常都有车来接。不过也算阿通运气好，这不，又遇上了一个大胡子老外，也许是印度人，也许是巴基斯坦人，反正是地地道道的老外。

大胡子老外不会中文，给了阿通一张纸片，上面写着"热能研究所"。阿通也去过，在"科技大学的反方向，不绕路的话大约六七十元钱，这次阿通有经验了，他伸出两个手指。大胡子从皮夹子里摸出两张百元人民币晃了晃，说了句：'OK！'

阿通开到一半的时候才发现前面修路，不通，得绕路。而且得绕一个大圈子。阿通指指前面不能通行的大牌子，大胡子耸耸肩，做了个无可奈何的表情。

阿通毕竟不是正式的出租车司机，这一改道，他还真的不太认识路，就这样七转八转，转了老半天才算把大胡子送到"热能研究所"。阿通想我多开了这么多路，你也看见的，还是收200元不是亏了吗？因此，当大胡子给了200元准备下车时，阿通拦住他，伸出三个指头，意思是得300元，你大胡子还得加100元。要是中国人，考虑到是修路让他绕路，多开了这么多路，也许就认了。偏这大胡子外国佬脑子不转弯，连连说："No!No!!No!!!"叽里咕噜说了一大串，可阿通唯一能听懂的就是"不不不!"

也就是说，这大胡子外国佬不肯多付。不行，现在汽油多贵，你老外又不是没有钱，要什么赖？

大胡子很不以为然地开了车门要下车。阿通一把拽住他，骂了句："我操你妈的洋鬼子！葛朗台转世啊。"

两人的争吵惊动了到门口来迎候大胡子的所领导。所领导听了大胡子的解释，对阿通说："外国人讲究契约精神。契约精神你懂吗？你们已经说好200元，就不能加价了，也就是说你对他已有了承诺，就不能改变。"

"什么契约？绕路又不是我故意的。修路，修路，你知道吗？"阿通觉得自己理由满满的。

正僵持着，警察来了，原来所领导中有人一看就知道是黑车，悄悄给110打了电话。

等阿通发现警察来了，想发动车子溜之大吉，可惜来不及了。

这次阿通不但被罚了款，还行政拘留7天。因为他造成了不好的国际影响，有损城市形象。

阿通出来后，一直念念不忘的是契约精神。他决心请教高人，真正搞懂契约精神到底是什么意思。

局长位置

姚进一是副局长，在三位副局长中排名第一，即第一副局长，如果局长出国，或出差的时间较长，他就名正言顺地代理局长职务。这是按规矩办事，没有什么可议论的。

姚进一任副局长整整三年了，在这三年时间内，代局长行使权力有过三次，最长的一次，局长去省党校培训学习，整整代了三个月。三个月下来，姚进一几乎完全进入了局长的角色，做得爽极了。局长一回来，他自然得老老实实地退回到二把手的位置，这让他很不习惯。他觉得自己完全可以胜任局长职务，甚至可以比局长做得更好，他有这个信心。

姚进一很想取而代之更上一层楼的，可局长只比他大一岁半，熬到局长退二线，他自己年龄也差不多了。开始几年，他盼望局长高升，这样就有可能轮到自己也高升一步。可现在看来，可能性不大，第一，至今没有听说这局长有什么过硬的后台与靠山；第二，局长的能力实在一般般，估计闹腾不出什么大的业绩——这不是把自己的仕途之路也堵死了吗？

一次在朋友饭局上，姚进一听到这样一则小道消息：说邻市的一位赖副市长栽了，栽在一位小公务员手里。起因是这样的，一位姓仇的小科员，喝了点酒，骑摩托车回家时，碰到交警路检，一测酒精含量118，醉驾的临界，算酒驾。如何处理？可轻可重。正好机关要抓典型，姓仇的小科员就算撞在枪口上了。开除党籍开除公职。这位赖副市长正好有个电视采访，让他谈机关作风问题，他就举了仇姓科员酒驾“双开”的例子。他说过就说过了，因为他根本不认识这位仇姓科员。但好巧不巧这则新闻被仇姓科员看到了，正好无处发泄的他，就把满腹怨气发到了赖副市长身上。他开始盯赖副市长的梢，收集赖副市长的材料，他整理后寄到了上级纪委，竟然把这赖副市长拉下了马。

这事启发了姚进一。

对，盯住局长，不信他清廉得没有丁点把柄。

姚进一让自己的小舅子去找了一个小混混，许诺，凡拍到局长不雅照、违规照的，起版1000元一张，有一张算一张，上不封顶，如果有爆炸性价值的，将重重有赏。真所谓重赏之下必有勇夫，那个小混混开始盯住了局长。

小舅子问姚进一，你这样说不定一两个月就几万元出去了，值得吗？

姚进一说：“值，太值了，属于花小钱办大事。以后你会明白的。”

小混混在局长的家门口蹲点，守候，盯着他的那辆奔驰小车，守株待兔。因为打死他都不信一个大局长天天老婆孩子热炕头。

机会终于来了，有天晚饭时，有辆车开到了局长家附近，局长上了车。这车子没有往宾馆开，也没有往夜总会开，更没有往度假村开，而是去了一个住宅区，难道是去会情人？小混混发动助动车盯上了。

进了住宅区才知道，这个小区靠河边有家不挂牌的“独一桌”。所谓独一桌，就是非正规的高档小饭店，中午不营业，每天晚上烧一桌，都是熟客预订的，但客人不能点菜，店主买到什么菜，烧什么，客人就吃什么，味道据说比五星级饭店还棒，当然，价钱不菲，一分价钱一分货嘛。不过，客人都十二分满意，从来没有投诉的。

这个独一桌的老板曾经在日本干大菜师傅十几年，学了一手过硬的烹饪技术，他制作的日本料理，绝对顶级。特别是他的河豚生鱼片，味道好极了，用当地土话“吃得打耳光不放”。

小混混算算时间差不多了，爬到窗口，举起相机，对准局长“咔嚓咔嚓”连拍了好几张，等里面反应过来，追出来，小混混已骑上助动车逃之夭夭。

那天，局长喝得脸红红的，他边上还有一个靓妹呢。姚进一拿到照片，激动不已，一下付了小混混三万元。并言明此事烂到肚子里，对爹娘老子也不能说。

姚进一掂出了这批照片的分量，他翻印后，以“一个忠诚的共产党员”的名义寄给了省纪委。不久，局长果真被免掉了，还上了省纪委的通报名单，可以说是身败名裂。

姚进一那个开心啊，但在单位里，他反而极是低调。几次说：局长怎么如此倒霉，阴沟里翻船，一定是得罪了什么人，被人盯上了。

不知为什么，局长的任命迟迟没有下来。但姚进一已主持工作了，局里所有的人都改口叫他局长。

大约三个月后，新局长的任命下来了，组织部从乡镇调了一位镇长来当局长，这是姚进一万万没有想到的，他一下子泄了气，懊恼得恨不得抽自己嘴巴子。

租个女朋友回家过年

春节快到了，商家开始在店堂里张灯结彩，披红挂绿的，开始有了喜庆的过年气氛。但 30 岁的丁非克却喜庆不起来，因为他至今没有对象，还是独来独往，一人吃饱，全家不饿。可今年回老家，怎么向父母交代呢。想到父母与亲朋好友会一次次问这个问题，他真有点怕。

那天，无聊的他在网上瞎点，竟然歪打正着，看到了一则征求春节男友的启事。那启事说得很明确，是临时的，是为了应付家中老人的逼婚。按天付钱，一天 200 元，路费全包，吃喝免费，但没有肌肤之亲，不要想入非非。

丁非克想：女性可以，为什么男性不可以呢？

他依样画葫芦也写了一则征女友的启事，但把每天 200 元提高到每天 300 元，言明总共 10 天时间，总共付酬金 3000 元。

他知道，女性征男友相对容易，男性征女友，有一定难度。为了有诱惑力，他又特意附了几张家乡娄城的照片，什么长江入海口，宋代天妃宫、元代石拱桥、明代弇山园、张溥故居、大学士第、清代雕花楼、当代郑和纪念馆，还晒了肉松骨、汆糟鱼、银鱼炖蛋、爊鸡，与海棠糕、草头饼等菜肴与点心，意思是这一次娄城行，有口福，有游览，有酬劳，何乐而不为呢？为了表明自己不是坏人，表明自己的诚意，丁非克豁出去了，把自己的身份证也贴在了网上。

嗨，还果真有人应承。第二天有位叫相红豆的白领说愿意去娄城，还说权当体验生活。

照片发来一看，让丁非克有2016年大转运的感觉。因为那女的不是恐龙，是地地道道的美女。带这样的美女回家，太有面子了。花点小钱，值。

走前，丁非克约相红豆见了一次面，吃了一顿饭，了解了相红豆的大概情况，也介绍了自己的情况，以免到了家，在父母的盘问下，说漏嘴。

原来这相红豆是外地人，大学毕业后，一个人到上海来闯天下的，是一家民营的文化传播公司的策划。今年27岁，与丁非克很般配。

两人有说有笑地到了娄城。说是娄城，其实丁非克是古庙镇的人，因拆迁，已搬进了新房子。独家独院，四上四下，平时就两老在住，挺宽敞的。

父母看到儿子带回一个这么漂亮的准儿媳来，笑得嘴都合不拢。父亲当即给了相红豆一个厚厚的红包。丁非克目测了一下，有一万元。母亲呢，则把手上的一个翡翠手镯给了未来的媳妇。这是丁非克的奶奶传下来的，据说他家老辈里的东西，也是丁非克家最值钱的老货。

相红豆拿了红包，对丁非克的父亲说："谢谢爸！"对丁非克的母亲说："谢谢妈！"两老那个窝心啊，赛过吃了蜜糖。

丁非克这次回老家，其他都顺顺利利，就是晚上睡觉是个难题。不与相红豆睡一屋一床，立马露馅。睡一床，相红豆她肯吗？自己把持得住吗？

倒是相红豆落落大方，胸有成竹地说：“两个被窝，各睡一头。”

头一天还好，到第二天晚上，刚睡下，突然丁非克的母亲来敲门，敲得很有耐心，看来不开门不行，但一开门就真相大白，前功尽弃了。相红豆倒反应很快，迅速地把枕头放在了一起，把两个被窝变成了一个。

非克母亲拿了只盛了水的脸盆说：“开了空调，不放盆水，空气干燥，皮肤不舒服。”她看了一眼床上，放下脸盆就退了出去。

相红豆说：“你妈不放心，来侦察的，你信不信？”

丁非克嘴上说不会的，心里也基本认同相红豆的说法，他最怕的是母亲明天早上又来敲门。

相红豆很善解人意，说：“算算算，睡一头吧。”但又警告丁非克说：“规矩点，越轨后果自负！”

到了初一、初二、初三的几天，丁非克家来拜年的比往年多了不少。亲亲眷眷，近的、远的都来了，说穿了，有一半是来看看非克带回的漂亮媳妇。

新年新岁的，按娄城的习俗，一般上门拜年是不能空手的。那些没有带大包小包的，往往掏个红包出来，照理都是给丁非克的，但不知是为了让相红豆有面子，还是因为相红豆的青春靓丽让人心动，不少人把红包给了相红豆。相红豆很有礼貌地“谢谢！”她一个也不认识，就跟着叫。丁非克叫啥，她叫啥，场面上一派和睦。都说非克的女朋友知书达理，将来必是个贤妻良母。

开心的日子过得很快，十天眨眼就过去了。如果给相红豆打分，丁非克愿打95分。甚至生出了如果相红豆能做自己的女朋友，那真正是求之不得。

临走的那天晚上，丁非克对相红豆说：“我俩假戏真做吧，我向你求婚。”

相红豆淡淡地说：“想得美。我们是有合同的。过了明天，就各走各的路。”

丁非克见相红豆没有半点那种意思，就不太好意思地说：“那我父亲给的红包，母亲给的玉镯，以及亲戚给的红包，你得还我。”

“那是他们给我的，理应算我的东西，我不会给你的。”相红豆声音不高，态度很坚决。

丁非克怕父母听到，尽量克制自己的态度，控制自己的声音。

初六回上海，丁非克说：“合同结束，3000 元酬金我照付。但玉镯等必须归还。”

相红豆也不要那 3000 元酬金了，飘然而去，一去不复返。

丁非克多次追讨无果，只得起诉。

相红豆说：“他睡觉时碰了我，已违反合同。索要红包，没门！”丁非克说：“我哪碰她了，我以我人格发誓，我没有碰她。”

但这事说得清吗？

裸体照

说起来这是45年前发生的事，对现在的九零后、零零后来说，多少有些隔膜。

那是1971年年底的时候，林彪事件刚刚发生不久，闹得人心惶惶。在微山湖畔的一座煤矿的工地上，新来了一群青年人，住的都是集体宿舍，一个房间8个人，四张上下铺的床。那年月，没有手机，没有彩电，没有电话，更没有游戏机，下班后，趴在床上，写封家信，几乎是每个青工都会去做的事。

严一丁是个文静的青年，他有个特别的爱好，画画，没事就拿支铅笔，拿张纸画画素描。他有一个大的夹子，里面有他画的素描，还有几张彩色的图画与黑白的照片，这个夹子是他的宝贝，别人碰不得。

严一丁睡在靠窗的上铺，他的夹子放在枕头边，不允许别人碰。睡在他一侧靠门口的外号“小猴子”的几次想偷看那画夹里的图片，都被严一丁及时发现，很严肃地说：“不要碰我的东西！我重申一遍，谁随便碰我的东西，我与他没完！”

“小猴子”故意用戏谑的口吻大声说：“听见没有，画夹是严一丁的性命卵子筋，不要瞎碰。”

睡下铺的一般看不到严一丁打开画夹，“小猴子”睡上铺，又做了有心人，终于被他隔着蚊帐瞄见了画夹里的秘密，哇，画夹里原来有裸体美人照。这在当年可是天大的秘密，“小猴子”怎么可能把这秘密藏在心里，仅仅三天工夫，整个单位的青工几乎全知道了这爆炸性的秘密，看不出，这看上去斯斯文文、规规矩矩的家伙原来是个大色鬼、大流氓，所有的人都在他背后指指戳戳，说啥的都有，唯有严一丁自己还蒙在鼓里，只是觉得那些青工的眼神怎么怪怪的。

第四天，不知哪个积极分子汇报给了政治指导员赖吉茅。赖指导员一听，火冒三丈，这还了得，在我的辖下，怎么可以出现这样荒唐的事情。

他亲自来到了严一丁的宿舍，一副公事公办的面孔，对严一丁说：“严一丁同志，我现在还叫你同志，我想你应该知道我来找你的原因了吧。”

“我怎么会知道。赖指导员你有事就直说，别兜圈子。”严一丁并无吓得抖抖瑟瑟的样子，这使赖指导员觉得很没有面子。他略略提高了点嗓门说：“我是代表组织找你谈话，是给你机会，给你出路，你要认清形势。”

严一丁觉得这赖指导员很滑稽可笑，懒得理他，就自管自地看起了一本书。

赖指导员自觉自己的尊严受到了挑战，有些失态地喊道：“交出来！把你私藏的见不得人的东西交出来！”

“你朝谁吼啊。有理不在声高。”严一丁反倒镇定得像个领导。

“把你私藏的裸体照片交出来！”

“为什么要交你，我有照片犯法吗?”

“好，你承认了私藏裸体照片，犯不犯法，领导说了算，你说了不算!”赖指导员气开始粗了。

这时，好些青工都挤进了屋子来看热闹。最来劲的当然是“小猴子”，他爬到了上铺，看清了画夹在枕头底下，就用手指指，示意罪证在呢。

赖指导员见严一丁丝毫没有屈服的样子，就说了句：“茅坑里的石头——又臭又硬。我看你硬得过组织吗?”突然，他对“小猴子”说：“他不交，你去把它搜出来!”

“小猴子”犹豫了一下，撩开蚊帐，准备爬过去拿画夹。严一丁一把抢过画夹。气愤地说道：“我说过很多遍了，不要碰我的画夹。谁动，我就对他不客气了!”严一丁的眼睛好似充血，一副准备拼命的样子。

老实人发倔脾气，一般人是害怕的。“小猴子”已失去了上前的勇气。

众目睽睽之下，赖指导员退不得，硬不得，愣了半天，他指着画夹说：“你只要把裸体女人照片交给我，就算交给组织。组织上会考虑从轻处理。”

严一丁一听什么裸体女人照片，似乎明白了什么，他打开画夹，抽出一张 6 寸的黑白照片，放到赖指导员眼前，说：“你指的是这张吧，你看看清楚，什么裸体女人照，这是我的肌肉照!”

赖指导员仔细一看傻眼了，照片上的人胸肌虽然有两指厚，但一看脸型，确确实实是严一丁，这是一张在雪地拍摄的半裸上身的肌肉照。

那是前年，江南下了场难得的大雪，正读高二的严一丁与几个同学有了拍摄雪地肌肉照的疯狂念头。那时，没有几个人在好好读书，他们几个天天早锻炼，晚锻炼，个个一身栗子肉，记得拍摄时，脱了上衣，涂了橄榄油，冲到雪地里，快门一按，立马把军大衣裹上，逃回屋里。印象中可能就这一次，就这一张，特意放大到6寸，留作纪念。

众人极是失望，一场好戏没有看成。赖指导员的脸色十分难看。倒是“小猴子”活络，他对严一丁竖起大拇哥说：“阿丁的胸肌一级棒，比女人还厉害。”

在哄笑声中，大家没趣地散了。

严一丁后来一直得不到重用，一直在车间里，有人说与这件事有关。好多年后，严一丁去读了工农兵大学，留了校，再没有回来。

赖指导员后来升任党委书记，他也早把严一丁忘了。他退休后，回来上海，有一年，他走过一家美术馆，见海报上有“严一丁水粉画展——裸体之美”字样，一个激灵，使他想起了往事，他买了票，走进了画展，一看画展主人的照片与介绍，他马上意识到还真是同一个严一丁。

赖吉茅还是第一次参观水粉画展，更是第一次欣赏如此巨幅的女性裸体画，看得他有点血脉偾张。

突然，他看到了一个胸前别着红花的秃顶男人，有几个粉丝在请他签字。他猜想一定是严一丁。他很想上前祝贺一下，但终于没有好意思上前相认，一个人慢慢地默默地看了很久很久。

逆向思维

局长仇正纪曾经当过镇文化站站长，年轻时发表过小说，在现在的一茬干部中，他算是有点文学细胞的。

仇正纪升任到A局当局长后，决心按自己的设想，把局大院改造一下。

A局的前任局长是个附庸风雅的人，在局大院里花重金移植了百年老梅，有红梅有绿梅，还种了高大的芭蕉，说雨打芭蕉有意境。可惜，前任局长风雅过头，被情人的一封举报信弄得身败名裂。

仇正纪改造局大院，也有去去前任局长晦气的想法，只是没有明说。

仇正纪记得当年还是文学青年时，有位老师来讲课，说过逆向思维，给他的印象深刻。老师说所谓逆向思维就是与大部分读者、观众的常规思维反着来。即大家认为他是坏人，你要写成他是好人，大家认为他是好人，你要写成他是坏人。大家都猜测故事的发展方向是朝东边的路走去，你偏设计朝西走去；大家都猜测故事的发展方向是向西边的路走去，你偏设计朝东走去，总而言之，拧着来，这叫独辟蹊径，与众不同，这才能显示出你不同俗流，鹤立鸡群……

仇正纪步入官场后，也运用这思维，取得过几次意想不到的好效果。

这次，他还是如此。

他觉得在江南一带，种树嘛，无非香樟、冬青、梧桐等，什么月季花、美人蕉，他统统不要。

仇正纪派人去广东一带花重金采购了热带的花木，如海枣树、木棉树、木瓜树、旅人蕉等。为了安置这些新客人，原来的桂花、无患子树、杜英树、海桐等都被挖了，种上了买来的热带花木等，在3月中旬全部完工。这些植物对大部分机关的人员来说根本叫不出名字，与看惯了的植物差别很大。有说劳民伤财犯不着，有说这些热带植物过不了冬，到时全冻死就可惜了，私底下大家议论纷纷。

那些有一段时间没有来局大院的，跨进门后，以为走错了门。局大院确实变了，变得有些让人不认识了。

常务副局长第一个在会上表态说：我们局大院真正是焕然一新。这些树种让我们局换一种思路，换一种面貌，换一种精神，换一种格局，多好，你们看看，这些树多大气、美观，整个大院拥有别样的风景啊。

仇正纪很满意。

常务副局长这么说了，其他副局长也接连表态，所说大同小异。只有分管后勤的副局长摇头，说：到了冬天就见分晓了。

秋去冬来，天开始冷了。局里有不少人在打赌这些新树种能不能扛过南方的寒冷。谁知，媒体说：今年又是暖冬。于是很少再有人去关心、议论这些树的过冬问题。

眼看春节越来越近了，突然世纪寒潮不期而至，竟冷至零下9摄氏度。再厚的羽绒服穿在身上都觉得有寒意。好在时间不长，熬一熬总算过去了。

春节也很快过去，天又回暖了。

阳春三月来了，万物开始复苏，但去年种下的热带植物都仿佛进入冬眠状态，一无动静，经植物专家来察看过，说：都冻死了。

仇正纪当机立断，又采购了一批当地花木，更换掉那些死了的热带树木，突击种上。

有个从乡镇来局里办事的，进了局大院，总觉得不踏实，怀疑是不是又走错了。他问接待的工作人员。你们局怎么像变戏法似的，我来三次，三次都不一样，怎么回事啊？

工作人员很奥妙地回答：“我们局里的顶层设计。”

书法家金局长

娄城这几年大力发展交通，三纵三横，加大环线，还有村村通公路，一刻钟上高速等措施，每年的投入都高达几十个亿，这可是块大蛋糕，让不少人眼红。

鸿基英集团也想染指其中，只是集团与交通行业素无交集，没啥关系，要想竞争过那几家有实力，有人脉关系，有实战经验的企业，看来不是那么容易的。但集团的董事长尤欣纪却认为：只要存心想去做，没有办不到的事。他责令业务开拓部做好计划，前去竞标，结果在年初的交通局招标会上，鸿基英集团败下阵来，输得很惨。

尤董事长很是生气，大骂开拓部：一群饭桶！这点事都搞不定。他发动大家想办法，出主意，结果汇总上来的所谓点子，被尤董事长一一否定。

他把开拓部朱主任叫到办公室，开导他说：你现在其他事都放下，好好去了解交通局金家发局长这个人，他有什么爱好，有什么软肋，有什么优点，有什么缺点，有什么追求，有什么人脉关系，包括他的家庭情况，一一摸透了，再来汇报。

半个月后，开拓部朱主任来到尤董事长这儿汇报说："金家发局长是出了名的清廉局长，不喝酒不抽烟，不搓麻将不打牌，跳舞唱歌都不喜欢，谁送他钱送他礼品，肯定被骂出门，扔出门。”

“那他近不近女色？不爱钱的我见过，不喜欢美女的少见，除非他是练童子功的。”尤董事长这点上很自信。

开拓部朱主任说：“听说有个女老板颇有几分姿色，她扬言必能攻下金局，还说什么哪有猫儿不偷腥的。有次她去金局的办公室，不知发生了什么事，金家发局长竟然打电话叫保安上来，把那女老板礼送出门。”

“我就不信他像庙里的和尚，清心寡欲，六根清净？”尤董事长像问朱主任，又像问自己。

朱主任像个做错事的孩子，站在那儿，一声不吭。

尤董事长终于忍不住了，大声说：“你是吃干饭的，半个月一点有价值的信息都没有。我问你，金家发难道没有丁点个人爱好吗？只要有爱好，我就有办法，就可能是他的死穴，懂吗？”

朱主任想了想说：“金局喜欢临临帖，写写字，但我看了，那字着实一般，谈不上书法。不过这算正经的高雅的爱好，抓不住他什么把柄，没法利用啊。”

“姓朱的，你猪脑子啊。算了，跟你说不明白，下面的事我来策划。”

三天后，尤董事长让开拓部朱主任把国内省内的几个著名书法家的行情与身价摸一摸，说要在娄城举办一次高规格的书法笔会。

鸿基英集团给金家发局长发了邀请信。金局一看自己仰慕、心仪的几位书法大家都会到娄南，很是激动。

笔会定在星期六下午，不用请假。金家发早早来到了鸿基英集团的会议室。台上羊毛毡已铺好，笔墨纸砚也准备停当。

第一个落笔的是书坛前辈钱老，他的隶书古、雅、拙、厚，朴茂苍劲，他挥毫写下“妙在静处”四个字；第二个示范的是大学的印教授，他的魏碑体用笔含蓄，锋芒内敛，潇洒奇逸，别具一格，写了“土扶可城墙，积德为厚地”；第三个是省里的书法名家权主席，他用斗笔书了个“虎”字，龙飞凤舞，力抗千钧。接着劳秘书长写了行书对联“观山则情满于山，观海则情溢于海”。笔到力到，潇洒雅致。再一位戴眼镜的耿老师写了草书“大江东去……”气势磅礴，一气呵成。

看得金家发一愣一愣的。

这时，钱老说：“笔会笔会，你们当地的也来写几幅，互相切磋交流嘛。”

面对大咖名家，谁敢轻易献丑，最后娄南市书协主席萧主席知道再推就不礼貌了，就说了句：“丑媳妇总要见公婆的。”执笔写了“盛满易为灾，谦冲恒受福”。钱老赞曰：“嗯，何绍基一路的。有金石书卷之气！”

这后，有点冷场了。尤董事长恰到好处地走到金家发面前，说：“是金局吧。听说你的书法颇有根底，来来来，露一手。让兄弟我也开开眼界。”

“不行不行，我是来学习的。高手云集，哪轮得到我写。”金家发说的是心里话，不是谦虚。

萧主席抓住机会向在场的介绍说：“这位是金家发，交通局的局长，儒官。欢迎金局挥毫泼墨！”

金家发再三推辞，但架不住萧主席与尤董事长的鼓励、劝说，赶鸭子上架地拿起了笔。他犹豫片刻，落笔写了行书“落红不是无情物，化作春泥更护花”。

“好！龚自珍的诗句。金局腹有诗书气啊。”印教授夸道。

“不错不错。学的王铎。出规入矩，张弛有度，临帖的功底很深啊。”钱老露出颇为欣赏的口吻。

权主席说：“娄南藏龙卧虎。金局，你的书法大气厚重，劲健洒脱，假以时日，不得了啊。”

书坛大腕的赞美，让金家发受宠若惊。

这时，钱老对金局说：“你这幅就归我了，我写的这幅送你。谁也不欠谁的情，怎么样？”

钱老一说，印教授马上接口说：“金老弟，你也得给我写一幅。我的这幅你看得中，就收好。”

竟有这样的好事，金家发有老鼠跌在白米囤的感觉。

在众人的鼓动、起哄下，金家发又写了“书犹药也，善读可以医愚。——录刘向语”。

“有学问。字好，内容好，让我这个大学教授汗颜。”印教授对金局说道。

印教授与金家发交换书法作品后，其他请来的几位书法家也提出要与金局交换作品。

金家发知道，这些名书法家的作品以前只能在书法展或书法集中观摩、欣赏，现在可以用自己的作品换取真迹墨宝，这是以前做梦也不敢想的。他拍大胆子，鼓足勇气，一口气写了“律身惟廉为宜，处世以退为尚”“喜闻人过，不若喜闻己过；乐道己善，何如乐道人善”等几幅。金家发曾听人说过：学写作，可能十年八年看不出多少长进，学书法，有悟性的，三年五年，就可能到场面上混混，看来此言不谬。

劳秘书长说金局的书法“取法高古，独标一格”。

耿老师说金局的书法“流转自如，元气充盈”。

其中，有一幅写苏东坡的《水调歌头》，金家发感觉写糟了，字的结体或大或小，没有把握好，但谁知印教授说：长于布局，有王铎“魔鬼美学”的意蕴。

笔会后，当地报纸发了报道，还重点提到金家发的书法得到书法权威的一致赞美，认为潜力很大云云。

也是巧，两个月后，恰逢书法家协会换届，金家发顺利地当选为副主席。当了书协副主席总要做点贡献吧，金家发举办了“交通杯”书法大赛，举办了“娄南杯”书法笔会，还举办了全国书法研讨会，可以说是把娄南的书坛搞得风生水起，红红火火。

尤董事长专门请金家发去了趟集团的办公大楼，说要布置得有点文化，有点书卷气，请金家发留点墨宝，也好蓬荜生辉。

金家发花了整整一天时间，大大小小写了十几幅。

临走，尤董事长给了金家发一张卡，说是润笔。金家发不肯拿。尤董事长说：“你是劳动所得。再说，你现在是娄南的书法名家，又是书协副主席，自然有你应有的身价。你不拿报酬，我倒成了有受贿嫌疑。”在哈哈一笑中，金家发收下了那张卡。

回家后，金家发发现那卡里竟有6位数，吓了一跳，连忙打电话给尤董事长说：“这卡我还是不能拿，怎么能拿你这么多钱呢？”

尤董事长说：“我还觉得少给了你呢。艺术是无价的。你知道钱老、印教授他们现在一平方尺是多少价码吗？你那点毛毛雨，算不了什么？”

金家发在网上查了钱老、印教授他们几位的书法作品的标价，着实吃了一惊。再想想自己十几幅，还抵不了他们一幅，也就释然了。

这以后，金家发成了鸿基英集团的常客，成了尤董事长的好朋友。

再后来，鸿基英集团在娄南的交通项目的招标中一再胜出，几乎垄断了娄南的交通工程的大项目。

开拓部的朱主任对尤董事长佩服得五体投地。说：“高，实在是高！”

尤董事长却一再告诫他们说：“低调！低调！多做少说，只做不说。言多必失。切记切记！”

去年，金家发局长突然被双规。外界传说，可能与鸿基英集团大有关系；另一说与高速公路的质量有关系。

朱主任已多日不见尤董事长，有一个传言使朱主任心惊肉跳，说是尤董事长可能移民了……

只因说了一次谎

强强、阿琪、小政三个是最要好的同学，都是古庙镇的，都是三年级的同班同学，常同进同出，人称“三连橄榄”。

三人中，强强的学习成绩最好，就是瘦弱一点，瓜条一根，叫他“强强”，给人的感觉有点滑稽，他自嘲说：“缺啥补啥嘛。”阿琪的父母是开厂的，属于小企业家。阿琪的成绩是三人中最差的，好在他父母不在乎，认为考上考不上大学都无所谓，将来那厂子早晚要交给他的。小政的父亲车祸死了，他母亲是镇上的宣传委员，算是个干部。小政的成绩中等，但由于他母亲的关系，小政在班里是副班长，大小算个班干部。

去年夏天放暑假后，在小政的提议下，三个人去野鱼塘游泳。野鱼塘在小镇的西边，有点偏，平时除了钓鱼的人，很少有人没事走到那边去。

野鱼塘的水面很大，浅水里长满了芦苇，塘四周又长满了柳树。这一带藏几个人，很难找到。小政很为自己的发现开心，在野鱼塘游泳，谁也管不着，自由自在，多痛快。

谁知，没有痛快多久，出了事，强强的脚抽筋，大呼救命。

阿琪想去救，但看到水性比他好的小政游回了岸上，他也没敢去救，失魂落魄地逃到了岸上，眼睁睁地看着强强沉到了水底，两人吓得脸色惨白。

阿琪带着哭腔说："我们赶快回去叫人来救强强吧。"

小政上岸拿了衣服对阿琪说："好，快走！快走！"

两人一脚高一脚低地奔回家中，那天是星期六，小政的妈正好在家。一见孩子那情形，意识到出事了。她连忙问："怎么回事？"

听罢孩子的叙述。她马上把利害关系与小政、阿琪说了一遍，语重心长。

这以后，小政的妈打电话向110报警。

等有关方面赶到，用滚钩打捞起强强，他已去了另外一个世界。

公安局很快进入调查。

小政一口咬定去鱼野塘游泳是强强的主意。还说他与阿琪劝过强强不要游到深水区，但强强要逞强，结果……

阿琪呢，只是哭，什么也不肯说。

警察调查后，发现三人中，小政的游泳技术最好，因为他母亲多次带他去过娄城的游泳池馆。阿琪游得不咋样，但捕鱼捉蟹有一手绝活。强强就有点可怜了，只会来几下狗爬式，最多游个几十米。

这种情况，强强要去深水区逞强，无论如何难以让人相信。看来做通阿琪的思想工作，可能是突破口。

小政的母亲给阿琪的父母打了电话，大意是几十万元的赔偿，你们可能拿得出，但孩子见死不救的污点要跟随他一辈子，你们自己掂量着回答警察吧。

阿琪被父母一说，吓坏了，不敢随便说。警察一问，他就说："你们去问小政，他比我清楚。"

常言道："死活不开口，神仙没办法。"

在农村，在小镇，大热天下河溺水身亡，每年总有发生。这事查不出个所以然，最后也就不了了之。

小政的变化不大，还是像过去一样。

阿琪却像变了一个人似的。他不再与小政同进同出，经常独自一个人傻傻地坐着，不言不语。

晚上三天两头做噩梦。常梦见自己与强强、小政一起在水里玩耍，玩着玩着，突然，脚够不着水底了，脚抽筋了，游不动了，拼命拍水，大声呼救，声嘶力竭，但小政一脸惊恐地往岸边游去。强强狗爬式过来救自己，可强强的水性还不如自己，于是两个人拉着扯着，推着抱着，最后呛着水，无效地挣扎着，双双沉入水底、沉入水底……

这种折磨让阿琪痛苦不堪，他的成绩急剧下滑。

阿琪的父母建议他休学一年。

休学后的阿琪，更无所事事。要么独自一个人关在屋里，要么对着天花板发呆，偶然也会鬼使神差地一个人走到野鱼塘。

还有一次，走着走着，竟然走进了镇派出所。派出所新来的民警不认识他，问他有什么事吗？

阿琪"哇"地一声哭了出来。弄得小民警莫名其妙。

邻居说："这孩子毁了。"

阿琪的父母很后悔当初的态度影响了孩子，他们考虑是否要陪儿子去一次派出所，也许竹筒倒豆子后，阿琪会去了心病。如果阿琪能回到过去，就算让他们赔多少钱，他们也愿意。他们好悔啊。

四个女人

阿莲、小春、莎莎、玉儿是闺密，都快四十的人了，这年龄若是男人，正是身强力壮，大干一场的时候，但放在女人身上，就有点尴尬了，花季已过，青春不再。也许说老不老，可比比九零后、零零后，就没法比了。当然，也有“女人四十一枝花”的说法，其实，有几个人信，天晓得，多少有点自欺欺人的味道。

有一晚，四个闺密相约晚上去约会，喝喝茶或喝喝咖啡，聊聊天，散散心。于是，四人进了梦巴黎咖啡馆。

正在聊什么时候一起结伴去韩国整容，突然听到隔壁座的几个愤青慷慨激昂地说：谁再敢去韩国整容，去日本扫货，去美国旅游，他妈的打断他的腿，让这些汉奸变成臭狗屎，后悔一辈子！

阿莲、小春、莎莎、玉儿怕惹火烧身，惹祸上身，赶紧换个话题。说说减肥，这总无关紧要，无伤大雅吧，可这属老生常谈，嚼不出新意，不知为什么，聊着聊着就索然无味起来。

没有了共同关注的兴奋点，有点百无聊赖。四个闺密中，向来小春的鬼点子最多，她灵光一闪，随手拉过两只咖啡杯，又把一只烟灰缸放在咖啡杯中间。她摆放停当后，拿起手机拍了一张照片，看了看效果，不满意，自言自语说："缺了一只打火机。"她随即起身去向其他桌上的人借来打火机，把打火机放在烟灰缸边上，又拍了一张照片。看了看，说："像那回事了。"阿莲与莎莎、玉儿闹不清小春葫芦里卖的什么药？

小春神秘一笑，把照片转发给了阿莲、莎莎、玉儿，说："这样吧，我们四个同时把这张照片发给自己的老公，看看他有什么反应？"

嗨，这主意绝。有意思，太有意思了。

四个人几乎同时手指这么一按，发给了各自的老公。

接下来就是等待。心焦地等待，简直度分如年。

这是对老公的考验，更是对自身的检验，也是四闺密无形中的一场较量、比拼。

莎莎的老公三分钟就回复了："好事啊，看来我老婆还有点魅力。40 岁的老女人，还有人请客喝咖啡。别犹抱琵琶半遮面，大大方方把他照片发我，看看是否比老公帅。明天我也要去约会了，看看我的魅力与你哪个更好？"

老公这么快且是第一个回复，这让莎莎有面子，但老公这不阴不阳的回复，到底啥意思？是在乎自己呢，还是不在乎自己，莎莎有点吃不准。特别是老公说明天也要去约会，让莎莎心里一紧。要是老公误会了，真以为他老婆在外约会野男人了，被他找到借口，也看样学样，那倒霉的不就是自己？

五分钟后，阿莲老公的微信来了："胆子越来越肥了。挑衅吗？竟敢公然把这照片发给我，有种把他的照片一起发，我倒要看看是哪个挨揍的货，看我怎么收拾他，不把他打得满地找牙我王字颠倒写！"

坏了坏了，老公误会了。阿莲急得声音都变了，准备打电话给老公解释。

小春一把抓住阿莲的手机说："沉住气。你一打电话解释，就不好玩了。有我们三姐妹为你做证，怕啥?"

阿莲想想也是，就放下了手机。

大约过了十来分钟，玉儿老公的回复也到了："马上回答，那个抽烟的男人是谁？你必须说清楚!"

"发错了，没有男人"。玉儿偷偷回了一个短信。

"鬼才信!!!"——老公的回复用了三个惊叹号。

也就几分钟，玉儿的老公闯了进来。原来玉儿的手机有定位。他老公在第一时间查到，以最快的速度开车赶到。他一看阿莲、小春、莎莎都在，马上意识到她们是在恶作剧，他冲着小春说："不用查，又是你的鬼点子。我家玉儿没有这个胆。"

"好好好，一起来喝茶，算陪陪你家玉儿。别忘了埋单啊，谁叫你这么不放心自己老婆。"小春调侃他。

玉儿老公摸出几张百元钞塞给玉儿，说："我请客，我埋单，但我还有事，就不陪各位美女了，拜拜!"

半小时过去了，唯有小春的老公没有丁点反应，小春有点脸上挂不住。她只好自己给自己找台阶："估计又在看球赛。他呀，一看球赛，世界大战也不关心，不知道。"

阿莲给小春的老公拨了个手机号，问："小春在吗?"意在提醒他看一下手机，回复一下。

谁知小春的老公乐呵呵地说："是阿莲吧，是不是想让我看一下小春发的照片，让我回复一下？阿春的这点小儿科把戏，也就骗骗你老公。她小春与老男人、小帅哥约会，借她十个胆子也不敢。也不撒泡尿照照，都豆腐渣的年纪了，还折腾个啥，黄脸婆一个，除了他老公宝贝她，还有谁会稀罕她。我放心着呢。"

这一顿夹枪带刺的话，因声音大，四个女人都听到了，一时都蒙了。

小春说："看来还是玉儿的老公对她最好，最在乎她。"

玉儿说："我看还是小春的老公了解小春，他宝贝着小春呢。"

阿莲说："我倒认为莎莎的老公最绅士，对自己老婆很自信，也有幽默感。"

莎莎说："其实，阿莲的老公最在乎自己老婆。要不然他怎么会说那话。"

小春给阿莲的老公打了个电话，解释了误会。随即说："散了，散了，各回各的家。"

据说，那一晚，四个闺密都没有睡踏实，都想得很多很多。

小算盘

“小算盘”是萧大卫的外号。同事对他的评价是：名字很大气，做事很小儿科，故干脆送了他这个外号。

“小算盘”是上海人，一家子住在亭子间里，几乎每一寸空间都充分利用，真的是“螺蛳壳里做道场”。从小生活在这样一个狭小的空间，于是养成了精打细算、斤斤计较的性格。

关于“小算盘”的小故事很多，真真假假，在传的过程中，难免移花接木，添油加醋，走了形。但有两件事，我亲眼目睹，算是比较可靠的。

第一件是20世纪70年代初期，矿工会举办文艺创作学习班，“小算盘”脑子活，能说能写，就被推荐去参加了首期学习班。

参加学习班才几天，其他人麻油豆油都还没有搞清楚，他已经写出了一组诗稿《风镐之歌》，工会领导表扬了他，弄得我们几个两手空空的都很没有面子。工会领导还说要请矿文艺宣传队朗诵演出，我们几个不免有点妒忌，可人家是正儿八经创作出来的，不是抄袭来的，你不服不行啊。

转折点在一星期后，有下井经验的同事提意见说：“小算盘”的诗歌好是好，就是与井下的情况有出入，建议他下井体验生活，实地了解一下风镐手的真正生活。

矿工会领导觉得这意见很对，就组织我们下井体验生活。整个文艺创作学习班有16个人，就一起下了井。工会领导让我带队。

我们穿上高筒套鞋，戴上矿工帽，插上矿灯，乘罐笼下了井，在安全员的带领下，来到了迎头。所谓迎头就是工作面。我们去的迎头不是采煤面，只见两台风镐正对着岩石在打洞。安全员告诉我们，等打好洞，就把炸药填进去，引爆后，再把碎石运走，一直打到煤层就可以采煤了。

照理，推进一两米后，架支柱就得跟进，以防塌方。但为了抢进度，往往推进了好几米也不上支架。因为有进度就有奖金啊。

突然，那位安全员大叫一声：“不好，要塌方。赶快撤！”

说时迟，那时快，随着一声闷响，迎头上方的石头塌了下来，原来是碰上了破碎带。迎头是相对封闭的，灰尘一下子散发不出去，顿时整个迎头粉尘弥漫，就算在矿灯的照耀下，也很难看清楚对面的人。

我是带队的，如果谁被压在了下面，我怎么交代。我大声喊叫：“往井口撤！”

等到了井口，我一点人数，只15人，少了一个。这把我吓得不轻，我想返回去找找看，安全员拉住了我，死活不让再回去。让我再清点一下人头。我核对后，发现少了萧大卫。这萧大卫平时很精明的，怎么关键时刻腿软了，跑不快了。如果没有出来的话，说不定小命就玩儿完了。

安全员要我带学习班的学员先升井，他有经验，他去迎头寻找。

我担惊受怕地上了井。见到阳光的那一刻，真有点死里逃生的感觉。

突然，有人叫我，一看，竟是他妈的萧大卫。我又惊又喜，恨不得上前揍他一拳。

原来，他一直躲在我们最后面，一听安全员说要塌方，像兔子一样撒腿就逃，一口气奔到了井口，独自一个人升井了。

这小子太精了，我算领教了。

70 年代条件差，矿里全是二十出头的和尚头，血气方刚，下了班没有事干，打架斗殴就难免。矿共青团委提出把一块堆场清理出来，辟为足球场，让矿工们有个活动场地，这建议得到大家的一致拥护。说干就干，大家自发到堆场去义务劳动，搬东西的搬东西，除草的除草，平整土地的平整土地，干得热火朝天。

萧大卫那时已有了“小算盘”的外号，“小算盘”不愧是“小算盘”，人家在出力出汗，他在现场指挥着铲车拉走几个钢铁大件。每个钢铁大件都有好几吨重，靠人工挪动是不可能的。“小算盘”说套上钢丝绳，让铲车拉走，这也是个办法。

“小算盘”站在铲车与钢铁大件的中间，发布着命令：“好，开！往前，再往前！”

现场几十个青工，几乎个个像个大花脸，满头是汗，只有“小算盘”依然容貌整洁，一尘不染。

那钢铁大件开始往前挪了。“加速！再加速！”“小算盘”煞有介事地指挥着。

突然，“砰”的一声，钢丝绳拉断了。那断了的钢丝绳像一条被挥动的鞭子一样，疾速地来回扫了一下，如果那位置人多的话，估计有几个扫几个，幸好其他人都在干活，那位置就“小算盘”一个人，结果他被钢丝绳扫了一下，巧不巧打在他腿上，他当场就倒在地上，痛得杀猪一样叫唤起来，再也站不起来。大家围拢过去一看，乖乖，裤管被打破了，大腿上血肉模糊，惨不忍睹。我们马上借来担架，把他送进了医院，好在矿工医院的伤骨科是强项，检查结果很快出来了，大腿骨粉碎性骨折，命是保住了，可终身残疾。能不坐轮椅，靠拐杖走路算是上上大吉了。

“小算盘”不幸之中的大幸是，那时的煤矿是国营单位，矿领导很通情达理，最后算工伤。

如今，当年的青工都退休了，“小算盘”也多年不见了，不知他过得可好?

一念之差

那是清明前的一天晚上，丁老师去弟弟家商量明天给已故父母扫墓的事。弟弟招呼他坐一会儿，一聊就晚了，大约9点来钟的时候，丁老师骑上自行车笃笃悠悠回家了。

多少年了，丁老师还是一辆骑了多年的自行车，当地人俗称“老坦克”，不过他骑惯了，觉得挺好。他说骑自行车等于锻炼，连去健身房的钱都省了，多好。他坚持不买助动车或摩托车，至于买汽车，他想都没有想过。

丁老师骑了30多年自行车，车技是没话说的。从来没有出过车祸，他没有撞过人，也没有被人撞过。他一向以此为骄傲。

前面转弯就到家了，丁老师老老实实等到红绿灯里的绿色箭头指示可以转弯才蹬动了自行车，可是刚转弯，一辆摩托车从后面撞了上来。丁老师还算反应快的，连忙刹车，可来不及了，还是被摩托车撞飞了。还好，丁老师年轻时学过武术，还有点三脚猫功夫，在他飞出去的时候，他及时调整了自己的身体跌倒的姿态，最后双手着地，更庆幸的是，那天他还戴着皮手套，双手着地时，皮手套磨破了，两只手并没有出血，但手腕疼得很，脚上腿上都有磕破。好一会儿丁老师才爬起来。

丁老师脑子很清醒，他知道是摩托车闯红灯了。再看自己的自行车，前轮胎的钢圈弯得不成样子了，车篮也撞瘪了，根本不能骑了。

摩托车上的人吓坏了，以为要出人命案子了，见丁老师终于爬了起来，一块石头才落地。其中一个来了个先发制人，虚张声势地大声说："撞、撞坏了俺的摩、摩托车，你、你要赔、赔钱！"

丁老师气不打一处来，你不赔我，还要我赔你，天底下有这么不讲理的吗？一看对方喷着酒气，显然是喝高了，再一看，是两个外地来的农民工。丁老师心里清楚，要农民工赔钱，那难着呢。他不缠着你，就上上大吉了。

丁老师艰难地站了起来，说："你闯红灯了，又喝了酒，还违规带人，我现在报警，够你俩喝一壶的。"

丁老师对交通法还是知道点的，如果报警，测出酒精含量在120mg/100ml以上，就算醉驾，要关起来吃牢饭的。丁老师看这两个人的脸色与神情，绝对超过了150mg，属于严重醉驾。如果因为自己的报警，让这俩农民工关进去，真的有点于心不忍，他心软了，想想这些民工也够可怜的，说不定全家就靠他这点打工的钱养家糊口呢，哪拿得出什么钱，算了算了，多一事不如少一事，自认倒霉吧。

其实，那两个农民工也知道自己闯红灯了，被丁老师说穿了，意识到真报案，没有好果子吃，有点软了下来，就对丁老师说："你走、走吧。不要你赔了。"

丁老师想想好笑，听他们口气好像撞人闯祸的是他丁老师，该赔的是自己。但本着息事宁人的态度，丁老师对自己说："不计较了，不计较了。"要是他们发起酒疯来，后果更不堪收拾。

丁老师看到两人摇摇晃晃，醉意朦胧的样子，连忙对他们说：“不能再骑了，推车回家吧。再撞人就不得了了。千万不能再骑了，听到了吗？”

其中一个醉得轻一点的上前推了摩托车，说了声：“走！”就晃晃悠悠地走了。

丁老师扛了车一拐一拐地回来家。到家脱了裤子一看，膝盖磨破了，腿上淤青一大块。赶紧拿红花油来擦，还贴了伤筋膏。

第二天，痛得更厉害。老婆叫他请假休息一两天。丁老师说：马上高考了，在这关键时刻，怎么能随便请假呢。好在如今有城市共用自行车，丁老师早就办过卡，他用卡去借了车，骑到了学校。

到了学校，听办公室的老师说起：昨天晚上出了严重的交通事故，有两个喝醉了的外地人，开了一辆摩托车，撞了一对母子，母亲当场被撞死，儿子被撞成重伤，还在医院里呢。

丁老师心理“咯噔”一下，脸色一下子变了。一定是昨晚撞我的那两个农民工。要是昨晚自己报警，那两个农民工最多拘役两个月，就不会出这档子事了。现在撞死了人，要判好几年。嗨，一念之差啊。自己原本出于善心，想放他们一马，谁知反而害了他们，也害了那一对母子。悔啊，丁老师悔得要吐血。

对面办公桌的黎老师见丁老师面色很难看，就关切地问：“丁老师，你身体不舒服？”

丁老师答非所问地说：“那两个农民工不知要判几年？”

矽肺病人

20 多年前，我曾在煤矿干过 20 年，对煤矿多少有点了解，多少有点感情。一个偶然的机会，在飞澳大利亚的航班上，我巧遇了当年就认识的矿工医院的退休医生，他知道我如今成了作家，就向我提供了若干有关矽肺的素材，希望我好好写一篇报告文学。

我听后感慨万千。我很想写，但我不是报告文学作家，不擅长写报告文学。如果要写，还得去煤矿采访。我不是记者，没有记者证，而且矽肺又是负面的，又不是去歌功颂德的，他们会让我采访吗?

考虑再三，我决定利用医生提供的素材写篇微型小说吧。

医生姓甄，名字就不说了。

11 个小时的航班，甄医生给我说了很多关于煤矿工人患矽肺的故事。好吧，我举两个较为典型的例子。不算真人真事，但绝非胡编乱造。

牛大壮的故事

牛大壮的身体棒极了，就像他的名字一样，牛一样地壮实。因为父母都是农民，也没有读啥书，光有一身蛮力气。煤矿招工时，就欢天喜地去了，咋说也是拿工资的工人，比面朝黄土背朝土，在地里刨食吃的农民总强十倍百倍吧。

牛大壮干活舍得力气，干啥活都抢在前头，班长与工友都喜欢他。他最拿手的是扛个风钻，在迎头，把风钻的钻头顶在厚厚的煤层上，“嗒嗒嗒”地干了起来，把风钻打进煤层，说不上什么技术活，主要是个力气活，身子骨单薄还真撑不了多少时间，好在牛大壮有的是力气，多做点也无所谓。

煤矿的井下，特别是迎头，通风条件有限，一打风钻，一放炮，煤灰飞扬，很难消散，吸进嘴里、鼻里，难免的。牛大壮每次上井，满脸都是黑黑的，只有一张嘴，两排牙齿是白的。

牛大壮干到第 10 个年头时，开始咳嗽、气短，干一两个小时，就胸闷、胸胀、胸痛。老婆心痛他，劝他回家烟不要抽了。牛大壮戒了烟，没用，越咳越厉害，后来还咳出了血。

去矿工医院一检查，说是早期矽肺症状。

牛大壮听老矿工说起过矽肺，在老矿工的指点下，牛大壮在一个夜晚敲开了甄医生家的门，送去他家核桃树上的一大袋核桃，与一大袋红枣，要求甄医生开个“严重矽肺”的证明。

牛大壮很坦率，他说：我这身体，三年五年还抗得住，死不了，但再在井下干，就难说了。我是家里的经济顶梁柱，我死了，我媳妇、孩子咋办？我不想死，我只想换个轻松点的活干干，国家不是有政策照顾矽肺矿工吗？甄医生，求你了。

柳小枝的故事

柳小枝的老家据说是在四川山里，他是随着村里的人一起外出来打工的，柳小枝家里兄弟姐妹多，超生罚款把家里罚了个底朝天，哪还有闲钱读书。他也落得野在山里疯玩。等长大了，出了山，才知道自己除了上树逮鸟，下溪摸鱼，其他几乎一样不会。听说挖煤识不识字没有关系，又听说挣钱不少，就不问三七二十一去了煤矿。

山里人实在，不会偷懒耍刁。实行吨煤制后，他干活出劲出力，因此，他所在的班一直拿最高工资。柳小枝还评上了先进。

自从他的照片贴上光荣榜后，他深深地感到脸上有光。后来，他看上了矿灯房的姑娘小棉，经过死缠烂打，终于被他追到了手，成了他老婆。

柳小枝最大的愿望就是多挣钱，买个二手房，做个真正的城里人。

一晃，柳小枝进矿也七年了。老婆刚生了宝宝，开销陡然大了起来。柳小枝宁可自己不吃，也要把最好的省给老婆吃。上井后，不顾劳累还抢着做家务，不知是太吃力了，还是营养不良。反正，柳小枝有了心悸、乏力、头昏、眼花等症状，白天还常常感到胃部不适，晚上呢，则失眠，似梦非梦的。

柳小枝很担心自己身体有什么问题，如果真有问题，老婆、孩子咋办？他偷偷去了矿工医院，正好是甄医生当班，作为一个快退休的资深医生，他问了问病情，稍作检查，就基本吃准属于矽肺。甄医生告诉柳小枝：由于他长期吸入大量游离二氧化硅粉尘，肺无法排出，形成了肺部的结节性纤维化，说得通俗点，就是肺变硬了，石化了。

甄医生要求柳小枝赶快去做X线胸片透视，以确诊是矽肺一期还是二期，或者是三期，如果是三期，那就完全不能下井，得长期休养。

柳小枝一听吓坏了，坚决不肯做X线胸片透视。他对甄医生说：如果X线胸片透视结果出来，说我是矽肺三期，那老板不立马把我炒了，那我以后拿什么养活老婆、孩子，在家养病，不，在家等死，不比死还难受。不行，不行！甄医生我求你了，千万不能对外透露我的病情，特别是不能让老板知道。

甄医生一阵心酸，忍不住说："你若再下井，撑不了几年的，你不是拿自己的生命开玩笑吗？"

"我知道，我会注意的。但我不能丢了这份工作，不能！算我求你了。"说着，竟然跪了下来。

甄医生含着泪把柳小枝搀了起来。作为一个医生，此时甄医生难受得像患了矽肺一样胸闷胸痛。

田阿大、田阿三

田家在七丫村算是有头有脸的人家。田有田在临死的那一年，他名下已有上百亩地了，他觉得对得起祖上了。

田有田因为常年在地里干农活，干重活，脚上的青筋一根根爆出，像攀附了一条条特大的青屎曲蟮，后来溃烂，烂得一塌糊涂，胆小的看了隔夜饭都会呕出来。

田有田知道自己没有几天活头了，就把阿大、阿三叫到床前，郑重其事地说："你们的娘死得早，现在我也要去看你们娘了。阿二嫁出去了，你们娘面前，我也有交代了，唯一放心不下的就是你们俩，好在你爹我还有几亩薄田，现在分给你们兄弟俩，田产一人一半，地契各人收好。这房产嘛，也是一人一半，但房契不能分割，就由阿三头拿着。不是我偏心小的，是希望你当大哥的要担起长兄为父的责任。"

田有田撒手西去后，兄弟俩开始日子还平平静静。第二年，田阿三看上了古庙镇的小寡妇香儿，三天两头往镇上跑，也不好好在地里干活，花钱大手大脚，让田阿大心疼。

田阿大说说他，田老三脖子一梗说："各人有各人的活法，你就别为我的事操心了，反正我不用你的钱！"

香儿与田阿三鬼混了两年后，嫁给娄城警察局的副局长郭麻子做了填房。

田老三追了两年，竹篮打水一场空，对其打击很大，这之后有点自暴自弃。他开始出入赌场，甚至妓院。坐吃山空，怎么办，他要把地卖掉。

田阿大知道后，情愿高出市价收下。再一年，田阿三把房契也抵押给了阿大，他拿了钱，胡吃海花，过着今日有酒今日醉的日子，好在田阿大宽宏大量，依然让他住在家里。

每年的清明与父亲的忌日，田阿大都会去他爹的坟上祭扫，上香。阿大很惭愧地对他爹说："爹，我对不起您老，没有把弟弟阿三带好。不过，你传给我们弟兄俩的地契、房契都在，没有落入外人手里。"

田阿三好吃懒做，一天到晚在镇上鬼混，家产在他手里全部败光，也没有娶妻成家。七丫村的村民比较淳朴，看不惯阿三的做派，村里教育孩子就拿田阿大、田阿三哥俩做比较。要孩子多学学田阿大，远离田阿三。

田阿三没有正当营生，就没有固定收入，实在揭不开锅的时候，就找他哥田阿大接济。开始，田阿大有求必应，但田阿三像个无底洞，一而再，再而三地伸手，而且似乎理直气壮，没有任何的歉意与感恩，田阿大终于恼了，他给了田阿三一笔钱，言明这是最后一次，叫阿三去做点小生意，自食其力。

因为田阿大不肯再帮，田阿三的生活开始潦倒起来，他因此记恨于他哥，认定他哥为富不仁，没有同情心。

1949 年，七丫村解放了，开始划成分，田阿大那时已拥有一百亩土地，自然划为地主。田阿三穷得叮当响，可以说是上无片瓦，下无立锥之地，于是，成了响当当的贫农。

田阿三种地不行，手艺不会，但混迹于社会这么多年，也多少混成了人精。他意识到机会来了，主动要求参加工作队，参加土改。

田阿三跳上台，揭发田阿大财迷，把一个铜钱看得磨盘大，揭发田阿大黑良心，眼里除了钱，什么亲情，什么乡情，通通屁都不值。连弟弟的房产、田产也要算计。田阿三带头高呼：打到地主田阿大！

田阿三被列为大义灭亲的典型，受到上级领导表扬。

田家兄弟俩的命运发生了戏剧性的倒置。

后来，田阿三进了调干班，入了党，当了干部。一个叫红妹的共青团员嫁给了他。

新中国成立后，田阿大一直火烛小心，夹着尾巴做人。

田阿三做过民兵连长、副乡长、镇长、统战部副部长等。1966 年时，田阿三被贴了大字报，说他是漏网的地主阶级的孝子贤孙，是混入革命队伍的异己分子。还有大字报揭发他与新中国成立后被镇压的警察局长郭麻子的老婆有一腿，甚至有人怀疑他是郭麻子布置潜伏在娄城的特务。田阿三觉得浑身长嘴也说不清，他得了严重的失眠症。

一次，田阿三被批斗，他被逼急了，脱口说道："混账郭麻子抢了我的女人，我怎么可能在他手下当特务。"

这启发了造反派，没几天，按着香儿手印的揭发材料放到了田阿三的眼前。香儿的交代词这样说：我只知道新中国成立前田阿三很有钱，在我身上花钱大手大脚。他是不是郭麻子手下的特务，我不清楚，但新中国成立后，他摇身一变成了共产党的干部，我当时就很吃惊，很纳闷。这个人身上有太多的谜。

香儿模棱两可的话，给了造反派想象空间，有了揪他的理由，这对田阿三来说无疑是致命一击。他想解释，一激动，脑溢血，半身不遂，偏瘫于床。

红妹为了划清界限，坚决要求与田阿三离婚。

田阿三偏瘫后，一直是田阿大照顾他。

田阿三面对大哥，想想以前，看看现在，悔得肠子都青了。

迟到的烈士证书

范朝赉是历史系毕业的，对近现代史比较有兴趣。他还自称半个收藏家。为什么是半个呢？据他解释：他不是纯粹的收藏爱好者，只收藏他感兴趣的文物。他收藏不是为了升值，仅仅是为了便于研究。因此他对文字的东西比较看重。

闲来没事，他就爱往旧货市场跑，去淘旧书、账本、契约、证书等别的收藏家看不上眼的便宜货。久而久之，旧货市场的都知道他的这个与众不同的癖好了。因此一有这类东西都会留给他先挑。

一天，他又去逛旧货市场，看到一个陌生面孔的摊主，摆出的都是书、证件、日记、过时的文件等，以及认罪书、悔罪书、检讨信、揭发信等一般收藏家连看都不看的东西。但这真是范朝赉寻觅的宝贝，他大感兴趣，上前问摊主哪来的？摊主说："父亲当宝贝收藏的。现在父亲死了，放着也没有用，本来想烧给父亲。我老婆说，老爷子当宝一样藏着，兴许能换几个钱，就拿来摆摊了。"

范朝赉看他不像说假话，就提出：便宜点，包圆了。即一股脑儿全部买下。摊主盼的等的就这种主这个话。摊主也干脆，说："给一万元，你全部拿去。不还价！"

范朝赉真的没有还价，爽爽气气从包里拿出一沓没有拆封的钱，说："喏，一万元，昨天刚从银行取出来的。你点一下。"

摊主像似碰上了投缘的人，笑笑，说："不用点，要这东西的人，一定与我老父亲一样，好人！绝不会坑人的。"

范朝赉叫来一辆黄鱼车，付了 10 元钱，让他把两只纸板箱送到家。

这以后，范朝赉有好几天没有出门，天天在整理、翻看这些废纸似的历史档案。

翻到最后，在一只纸板箱的最底下，有一个牛皮纸信封，上面写着"未寄达的烈士证书"。什么意思？范朝赉迫不及待地倒了出来，竟是七张革命烈士证书，比现今的工作证稍大些，只见正面印着"革命烈士家属证明书"九个字，淡蓝色的，中间是一座烈士纪念碑，碑尖是一颗红星，里面是牺牲烈士的姓名、年龄、所在部队、担任职务、牺牲地点、埋葬地点，还有所在部队政治部主任的大名。从纸质的粗糙、陈旧程度来看，不像是伪造的，应该是原件。可惜收藏者没有注明收藏于何时何地，从何渠道得到的。就像文物要流传有序，这在收藏界是很讲究的，范朝赉深感可惜。

范朝赉读着这七个烈士的名字，姚丰收、楼八斤、洪黑土、方二娃、万石头、汪大树、杨添牛，唯一有职务的叫汪大树，是班长，其他六位都是普通战士，年纪最大的 23 岁，最小的 19 岁。七个烈士五个省份，有四川的，有江西的，有湖南的，有江苏的，有山东的。其中五位牺牲于 469 高地，两位牺牲于黑马山战役。牺牲时间最早的是 1951 年，最晚的是 1952 年。

范朝赉特地去查了朝鲜的 469 高地与黑马山战役，确实是有的，而且打仗的时间也吻合，看来，这些烈士证书不是虚假的，再说，应该也不会有人去伪造假的烈士证书吧，既亵渎先烈，又换不了几个钱，脑子进水了才会去干这种蠢事。

一晃60多年了，如果他们健在的话，也都80多岁了，如果有子女的话，也近古稀之年。

范朝赉想起自己的儿子去英国留学，有年春节说不回来，其间有三天手机打不通，老婆急得像热锅上的蚂蚁，好似儿子失踪了。将心比心，人家的儿子为国捐躯，永远回不去了，家里可能还不知道死活，这份牵挂，这份担心，可以想象，难以体会。

突然，范朝赉有了寻找烈士的想法。

说干就干，他与当地的民政局联系，可人家把他当骗子，当精神病看待，根本不信他说的。

他也想到过求助媒体，但怕有人说他炒作，想出风头，也就打消了这念头。

好吧，那就单干，功夫不负有心人，说不定也能找到。就近找起吧，那就把汪大树列为头一个。按证书上的信息，汪大树是江苏省三家市人，可范朝赉从来没有听说过江苏省有三家市啊，他把三家市的谐音都查了，把三字打头的县市都查了，没有，还是没有。直到去年，他偶然在网上读到一篇游览三家市古村落的文章，才知道三家市位于长江入海口，是个建于宋朝末年的古村落。

范朝赉去了上海，再从虹桥车站打的去三家市，司机也不认路，转了半天，才算到达三家市。原来历史上这个村落只有三个姓，其实就是三家村，因为后来形成了集市，就叫成了三家市。新中国成立初期，也就百十来户人家，可现今老住户大都搬来了，竟没有人听说过汪大树。后来在县城里找到退休的原三家市小学的林老师，他回忆了半天说：没有听说过有叫汪大树的去抗美援朝，不过三家村确有汪姓，是在地主家做长工的。聊了半天，林老师无意中说起，汪家有个不孝儿子当了国民党的兵，新中国成立后，定为反革命家庭，为这事吃尽了苦头。

满怀希望，却无功而返，范朝赉很是失望。不过，他给林老师留了手机号，关照他，想起什么随时联系。

范朝赉回去后的第三天，林老师来了电话，说碰到汪家人了。说那个当国民党兵的叫汪大苗，不知这线索有没有用。

一字之差，会不会改了名字？不是没有可能。

范朝赉利用他学历史的优势，调动人脉关系，终于查到汪大苗所在的国民党部队在新中国成立前夕投诚，改编为解放军，基本可以认定汪大树就是汪大苗。

范朝赉再次来到三家市，与汪大树的最小的弟弟汪大粱见了面。汪大粱说出了一个秘密：当年汪大苗因为家里穷，勒死了东家的一条看门狗，去野地里烤了吃了。东家的吝啬是出了名的，那看门狗又是东家很喜欢的，当他查出是汪大苗犯的事，作的案，气不打一处来，竟把汪大苗绑了，拴在门口的大树上，给他家看门，并把饭菜倒在地上，让汪大苗像狗一样添吃。受尽侮辱的汪大苗半夜里挣脱绳索逃了出去，后来寄了一张穿着国民党军装的照片回来，还说等他发迹后，要回来报复云云。就是这张照片把他父母害苦了，一家子受牵连。新中国成立后，汪大粱想参军、想入党都因为政审通不过而作罢。

汪大粱说：一定是哥为了记住绑在树上的耻辱，所以改名为汪大树。

当他接过哥哥汪大树的烈士证书，一时泣不成声，既是哭哥哥，也是哭自己，哭一家。因为这个哥哥改变了他的一生的轨迹。

他万万想不到哥哥竟是革命烈士。要是当年就收到这革命烈士家属证书，咱汪家的命运就不是这样了，咱爹咱妈也不会受那些罪那些耻辱了。汪大粱放声大哭起来，劝也劝不住。

八十多岁的汪大粱突然跪在范朝赉面前说：“你是我们汪家的恩人哪，我代咱爹咱妈给您磕头！”

从三家村回去后，范朝赉发誓一定要想办法找到另外六位烈士的家属。因为他感到这一张小小的纸片，承载着的分量，对一个家庭，那些家属、亲人们来说太重太重了。

新作选辑

剪刀、石头、布

秦也盛与钦白梅是一对恋人，热恋中的这一对，时常黏在一块儿，同进同出，双飞双宿。在娄城人发音中，“秦”与“钦”很难分清。用秦也盛的话说：这叫“卿卿（秦钦）我我”。

这不，暑假的时候，两人相约去鼻山游玩。对钦白梅来说，只要与秦也盛在一起，荒山有苍凉美，秃岭有雄伟美，杂草丛生有自然美，枯藤残枝有另类美……

两人带了营帐、睡袋，准备在大自然的环抱中好好享受属于他们的二人世界。

两人你给我拍照，我给你拍照，不知不觉天色黑了下来，两人急急地寻找适合露营的地方，也是巧，无意间发现了一个山洞，有山洞总比野外要安全，要凉爽，要温馨。

进去后还发现洞中有一个不大的水面，那水清澈无比。秦也盛走了一天山路，汗潮潮的，他就下水洗个澡，那水正好没到脖子处，水凉凉的，好不舒服。突然，秦也盛脚下碰触到一个圆形的容器，他一个猛子扎下去，摸起了那容器，原来是一个茶壶大小的密封陶罐。

这陶罐里装的是什么呢？秦也盛猜不出，钦白梅也猜不出，秦也盛很感兴趣，钦白云也很感兴趣，两人决定打开看看，说不定是无价珍宝呢。

在两人的期待中，陶罐打开了，一缕青烟袅袅飘出，青烟中幻化出一个面目狰狞的魔鬼，魔鬼放肆地大笑了一阵，自言自语道："我终于自由了！我终于自由啦！"

秦也盛、钦白梅吓坏了，还是秦也盛大胆，他鼓足勇气说："是我们俩救了你，我们不需要你报答，只要你不伤害我们。"

魔鬼看了看眼前这一对小情人，说："可惜啊可惜，可惜晚了500年，我说过的话，无法更改，所以你们两个中必须死一个！"

魔鬼见两人一脸茫然，就解释说："一千年前，我被关进了这陶罐，开始了暗无天日的牢狱生活，我曾经发誓：谁救出我，我就答应他一个要求，无论让我做什么我都满足他，可整整五百年没有人救我，我又发誓：如果有朝一日我能出去，我一定要开杀戒，要报复！结果又让我苦等了五百年，照我以前的脾气，你俩都得死，但你们毕竟是救我之人，我实在不忍心你俩都死，折中一下，死一个，谁活谁死，你俩自己定。"

这是什么荒唐逻辑，可对手是魔鬼，有道理可讲吗？

魔鬼见秦也盛、钦白梅紧紧抱在一起，谁也不表态，就恶狠狠地说："我数一二三，开始。"

秦也盛知道这一劫是逃不过的，就说："我死！"

钦白梅一听，连忙说："不，我死！"

魔鬼不耐烦了"你俩剪刀、石头、布，三局两胜，很公平的，看天意吧"。

第一轮，女赢，钦白梅没有如何高兴。

第二轮，男赢，秦也盛也毫无表情，看不出是高兴还是不高兴。

第三轮，决定胜负，不，是决定生死，两人都考虑了很久很久。秦也盛想钦白梅是个痴情女子，为我去死，她甘心情愿的，十有八九出剪刀，那我就出榔头，遂了她心愿吧。

一切不出秦也盛所料，钦白梅果然出了剪刀，秦也盛的榔头赢了。

钦白梅一看自己输了，高兴地叫道："秦也盛，你得救了，你得救了！"

秦也盛一看自己在预料中那样赢了，一时忘乎所以，情不自禁喊道："我赢了！我赢了！！"

魔鬼看在眼里，冷冷地说道："我可没有说过赢的活，我的规矩：赢者死！"

秦也盛一下子傻了，破口大骂道："魔鬼，混账！"

魔鬼开心地说："我本来就是魔鬼，当然混账！"

魔鬼对钦白梅说："你可以走了。"

钦白梅说："不，我不走，我情愿与我心爱的人一起死。"

"看来你真想代这个不懂爱情的人去死，那好，我发善心，成全你。"魔鬼回过头来对秦也盛说："不知你哪辈子修来的福，你女人非要代你死不可。我说过只死一个，那你走吧。"

秦也盛万万没有想到魔鬼会放他走，激动地高叫："我不用死了，我不用死了！"他扑上去抱住魔鬼亲了一下，头也不回地兔窜而去，留下了表情复杂的钦白梅。

准备就死的钦白梅闭上了眼睛，魔鬼看到眼泪涌出了钦白梅的眼眶。

魔鬼突然笑笑说："你俩是我的救命恩人，我怎么可能恩将仇报让你们死呢，我只是测试一下人性，测试一下爱情而已。"

钦白梅睁开眼睛时，发现那魔鬼已变成一个和蔼可亲的白胡子老头，那模样就像圣诞老人。

白胡子老头说："你可以提任何一个要求，我百分之百满足你，以答谢你的救命之恩。"

钦白梅没有想到逆转得这么快，她说："我要让秦也盛爱我一辈子，不，爱我一万年！"

这时，钦白梅醒了，秦也盛正打着呼噜，睡得极香。可钦白梅再也睡不着了，老在想着那梦境，她也弄不明白怎么会做那样的梦呢？

性学教授

辛臻静教授是研究两性问题的学者，有感于社会上性工作者的日益增多、艾滋病的泛滥、离婚率的居高不下等一系列的社会问题，他把自己下一步的研究课题定在了对小姐的调查、研究上，准备写本全面探讨小姐的书。辛教授不是要为小姐正名，而是想了解小姐的生存环境，了解小姐的真实心态，了解小姐之所以变成小姐的个人原因、家庭原因、社会原因，从而提出改变、改造的良方。

这个课题的难处在于要掌握第一手资料，必须与小姐打交道。这对花甲年纪的辛臻静教授来说，是个颇为棘手的头疼问题。从没与小姐打过交道的他，真有点老虎吃刺猬，无从下口的尴尬。

俗话说“不入虎穴，焉得虎子”，辛教授豁出去了，破天荒去了“红都夜总会”，妈咪一看他战战兢兢、慌慌张张的样儿，就知道是个生客。笑嘻嘻地迎上来说：“这位先生想必是初来乍到，放心，这儿第一保证安全，第二保证满意。”她让领班带辛教授到二楼，带他去一间全是姑娘的房间，让他自己挑。辛教授哪见过这阵势，连正眼也不敢看这群如花似玉的小姐，指着靠近他身边的一位说："就她吧。"

领班说，16 号你带这位先生去 16 号房间。来到房间，辛教授笔记本与笔还没有掏出来，小姐已经在脱衣服了。辛教授连忙说："这位小姐，我不是来做那事的，我想找你了解些有关小姐的情况。"说着拿出了包里的笔记本与笔。

那位小姐似乎是第一次碰到这情景，怔了怔说："老先生，这儿是什么地方，你心里应该比我清楚，来这儿能做什么，不要我明说吧。快，脱吧。我没有时间与你磨牙，请不要影响我下一单生意。"

凭自觉，辛教授意识到这是个久经风月场的小姐，一定有故事。镇定了几分后说："我问你几个问题，你只要如实告诉我即可。到点我就走，保证不耽误你的生意。"

"你以为你是公安局的啊。想做请便，不做拉倒。"小姐脱了衣服，往床上一躺。

"好好好，我走，我走。"辛教授狼狈退出。

这次铩羽而归的教训，使他明白了作为一个嫖客去采访，是了解不到多少内幕情况的。小姐不会把心里话告诉你的。

怎么办？有人给他出主意：第一步要认识妈咪，取得妈咪信任，再让妈咪引见，告诉你哪几个小姐最有故事。

辛教授通过一位老板认识了红都夜总会的妈咪。他很坦率，明确告知自己是教授，在做课题研究，不是来做卧底的。

妈咪把辛教授介绍给众小姐说："这位辛先生是我朋友，不要把他当外人。"

那位认出辛教授的 16 号叫正红的小姐告诉小姐妹：这就是花了钱不敢嫖的酸文人，小姐们笑得很放肆。

这以后，辛教授有空就往红都夜总会跑。没几天就与这拨小姐混了个脸熟。辛教授很快发现这些小姐即便上班时也很空虚，不接客时，不能走开，随时等候领班或妈咪的召唤。辛教授就给她们看看手相、面相，给她们算算命，以此接近她们，没想这招可管用呢，这些小姐很是相信，听得一愣一愣的。辛教授坚持一条，即便是小姐，在人格上也是平等的，给她们应有的尊重，绝不流露蔑视的口气。

辛教授把小姐当人看，没有那种高人一等，有钱就是大爷的派头，小姐也就不再惧怕他，防着他。当她们知道辛教授要写书，有几个还来了劲，16 号正红说我们也能入书，那也不枉这辈子来这世上走一走。你问吧，我们姐妹保证有啥说啥。

辛教授把早就列好的多个问题，每天问几个。诸如：最初是什么动因促使你做这一行的？有没有心理压力？有没有社会歧视？如何面对家人。面对亲朋好友？最大的苦恼是什么？嫖客的构成，包括年龄层次、职业层次？对自己的未来怎么想……

半年下来，辛教授大概了解了这些小姐的年龄构成与文化层次，以及来自什么地方、什么家庭等。辛教授得出结论：大部分小姐是为了钱，因为她们没有多少文化，而干这行，不要多少本钱，不用长时间培训，来钱快。不少女孩就用青春赌明天，准备干个几年，捞上一笔后，金盆洗手。也有相当一部分开始是被迫的，后来就破罐子破摔。她们最害怕的是碰到性变态，有的坚持不戴套，性病、艾滋病危险时时压迫着她们的神经。再有就是名声不好，在社会上抬不起头来。将来成家，绝不能让老公、孩子知道……

一年后，署名辛臻静的《小姐如是说》在香港出版了。辛臻静在学术界名声大振，都知道他出版了一本有分量的学术专著。

如今的网络世界信息交流很快捷，不久，内地，包括辛教授所在的城市也知道他写了本有关小姐的书。熟悉他的朋友、同学、同事，在酒宴上几次半真不假地问："说老实话，你嫖过吗?""你看着那些尤物没有动过心?"

后来，外界叫辛臻静为"性教授"。还有的背地里叫他"老嫖客"，说他"为老不尊，老不要脸"……

只是不清楚，这些，辛教授都知道吗?

冤冤相报何时了

方家与袁家系世仇，上一代为了什么结的仇，下一辈的已说不清楚，反正方家祖训：袁家欠着他们方家血债，此仇不报，非方家子孙！袁家则认定方家欠着袁家人命，血海深仇啊。于是从上一代就互相仇杀，完全是有你没我，有我没你的架势。两个家族不间断地打打杀杀，互有死伤。

袁琴芳从小习武，她父亲告知她：你来到这世界，就是为袁家报仇的。唯此为大！遗憾的是她是个女儿身，要她负起报仇雪恨的责任，真的是难为她了。但袁家这一代唯一的男丁有肺痨，根本无法练功，更不要说打斗报仇了，袁家把希望寄托在袁琴芳身上，给她起名袁琴芳，谐音“袁擒方”。

常言道：冬练三九，夏练三伏。每天要站桩，要拉韧带，要举石担，甩石锁，要练拳术，练剑术，真的很累很累。但为了家族的仇恨，个人的吃苦受累又算得了什么。

袁琴芳觉得方袁两家斗了上百年了，各有死伤，也没有分出个谁强谁弱，谁胜谁负，看来两家的武功也就在伯仲之间，难分上下。而自己是个女儿身，论武功，论蛮力，显然都不是方家的对手，如果不学点真功夫，恐怕不是“袁擒方”，而是

"方擒袁"了。于是决定外出拜师，学成一等一的上乘武功后，再回家乡来复仇。

袁琴芳去名山大川寻访武术高人了。

方亦强一出生就看到了刀光剑影，刚会走路就接触刀枪剑戟，他父亲准备把他培养成刀枪不入的金刚不坏身。当他听说袁琴芳外出学武功去了，很是高兴了一阵，至少在一两年内，方袁两家可以过上几百天太平日子，也就松懈了下来。

方亦强的父亲急了。他对儿子说："万一袁琴芳真的学到什么绝世武功，那方袁两家实力的天平就会打破。你，方亦强若输在一个丫头片子手下，那还有何脸面在江湖上行走？我们方家还有何脸面在娄城立足？"

那怎么办？

方亦强的父亲要求他也外出拜师练武。

父命难违，方亦强背起行李，也踏上了寻名师，拜高手的行程。

方亦强在路上听说九华山的了明禅师武功了得，就直奔九华山而去。

没有想到了明禅师很爽快地收下了方亦强为徒，但言明：第一年参禅学佛，第二年练气功，第三年教武术。

方亦强是个颇有慧根的人，跟了了明禅师后，他接触了禅宗，研读了经书，开始觉得一天到晚只想着报仇报仇，把人生活窄了活浅了。如果能把一身的功夫放在保家卫国，救苦救难方面，那人生岂不活出境界来了。

三年后，了明禅师对方亦强说：我能教你的都教你了，你下山吧。送方亦强下山时，了明禅师轻轻念道："冤冤相报何时了？切记切记!"

方亦强在回娄城的路上，遇上了一群山匪在围攻一位妙龄女郎，看来这妙龄女郎武功不弱，怎奈山匪人多势众，他们轮番上阵，车轮大战，女郎武功再高，面对一群山匪渐渐体力不支。山匪头目淫笑着说："做我压寨夫人，保证你吃香的喝辣的，快活死你！"

眼看女郎要吃亏了。方亦强路见不平拔刀相助。他采用擒贼先擒王的兵法，出其不意地控制了山匪头子，命他下令众喽啰住手。

救了女郎后，方亦强也不与山匪多纠缠，就带了女郎速速离去。

女郎说家有急事，不便久留，送了一块挂在胸前的玉挂件给方亦强就匆匆离去。临走说了句意味深长的话："若有缘，还会见。"

方亦强回到娄城后，知道袁琴芳也学成回来了。他想找袁琴芳谈谈，希望就此化解方袁两家的恩怨，上代的仇怨到此为止。

父亲知道了方亦强的想法很是失望，很懊悔让儿子外出学武，没想到学了这么个结果。万一袁琴芳打上门来，如何是好？

也是奇怪，袁家再没有兴师问罪，方家也好像偃旗息鼓了。日子就这么平平淡淡地过着。

一天，方亦强拿出玉佩轻轻抚摸着，想着那位漂亮的妙龄女郎，不期被他父亲看到了，连忙问："哪来的？"

方亦强一五一十告知后，他父亲叹口气说："孽缘啊！"原来他已认出这玉佩是袁家祖传的，一准是袁家大小姐袁琴芳的。

方亦强知道玉佩竟是袁琴芳的，一阵激动。他对父亲说："干脆，向袁家提亲，我娶了袁琴芳，从此化干戈为玉帛，多好。"

父亲说："别异想天开，不可能的。"

方亦强很自信地说："是缘分，就有可能。"

那一夜，方亦强想了很多很多。

打杂王

"斜眼"先天不足，一出生就有残疾，眼睛斜，头歪。父母一看近乎怪胎，怕成累赘，就狠狠心把他扔了。

弃山武馆打杂的老王头捡到了，老王头一辈子没有结过婚，无儿无女，就收养了这孩子。见着这孩子的都叫他"斜眼"，从小没有娘的斜眼就在武馆的场地上长大。大家都当他开心果，逗着他玩。斜眼脾气很好，再怎么损他、说他、骂他、捉弄他，他都不生气，不发火，嘿嘿傻笑。

自他懂事起，就帮着老王头在武馆打杂，后来老王头死了，斜眼就接替了老王头的活，反正武馆里最脏最累的活都是他的事，诸如倒马桶、劈柴火、吊水、扫地，都是他的事。他也无怨言，只要三顿饭管饱，就心满意足。

冬天没有事的时候，他就蹲在墙角的太阳底下，夏天，就盘腿于树荫下的草席上。斜着眼欣赏着武馆里的人舞着剑，挥着刀，打着拳，练着气功。偶尔，他会拍拍手，竖竖大拇指。

武馆的大师兄最爱拿他逗乐，一次，大师兄当着大伙的面问他想不想学武功？斜眼斜了他一样说："你肯教我武功?"

"肯，但要有一个条件。你得每天一早，去弃山的锡杖泉提一桶清泉回来，给我泡茶喝。担满三年，我就教你。”大师兄故意给他出难题。

“行，我保证做到，你也要说话算数。”斜眼当真了。

大师兄又说：“你还得保证不耽误武馆的事。这可是额外的活。”

斜眼与大师兄击掌为誓。

这弁山在城外五六里地外，这锡杖泉在半山腰，一个来回没有一两个时辰无论如何也来不及，更何况是提溜着一桶水。

从这以后，斜眼天蒙蒙亮就起床了，拿起水桶飞一般向弁山的锡杖泉奔去。满一桶水后，拎着就走。左手酸了，就换右手，右手酸了，再换左手。他高高提起，不让泉水洒出。不管三伏三九，刮风下雨，斜眼从不间断。

二师兄实在看不过了，对斜眼说：“每天去太累，过两三天去一次，反正一桶水大师兄泡茶也泡不了。”

斜眼说：“那咋成，我答应大师兄的，一定得做到。要不，他咋肯教我武功。”

一晃三年到了，斜眼真的一天不落每天把新鲜的泉水提回来。

大师兄也没有想到斜眼如此执着。食言的话，也说不过去。就对斜眼说：“练家子都是童子功，你又没有练过，一口气吃不成胖子，这样吧，你先练马步，每天得练两个时辰以上，练到我用脚踢不倒你，就算第一阶段完成，这才可以开始教你真正的武术。”

二师兄他们都知道大师兄在耍斜眼，谁知斜眼又当真了。每天晚上睡觉前，他就一个人在院子里练马步。

有一天，大师兄叫斜眼当众站个马步看看，斜眼就站了，很有功架。大师兄突然飞起一脚踢在斜眼的脚髁子上，斜眼猝不及防，一个趔趄差点倒地。

大师兄突然袭击都没有踢翻斜眼，觉得很没面子。

二师兄对大师兄说："这斜眼的站桩功绝对可以，教教他吧。"

大师兄不置可否。

日本人来后，百业萧条，唯来弇山武馆学武的反而多了，可能是身在乱世，更想学点防身之术吧。

弇山武馆的人进人出，引起了日本驻军的注意。山本向政中佐出身于武士世家，自恃功夫了得，就带了两名手下来到了弇山武馆。山本向政中佐的手下守住了大门，不准进出。

山本向政中佐问："谁是当家的？"

大师兄毫不犹豫站了出来。

山本向政中佐倒也爽气，说："来，过过招！"

大师兄心知肚明：伸头是一刀，缩头也是一刀。就摆开了迎战的架势。

山本向政中佐发起了凌厉的进攻，那拳又快又猛。大师兄第一次与日本人对决，一时有点不适应，明显被山本向政中佐占了上风。好在大师兄的腿脚功夫上乘，他一边见招拆招，一边观察着山本向政中佐的套路，试图从中发现破绽。但处于下风的他，着实挨了好几拳，嘴里、鼻子里都是血。自负的山本向政中佐扬扬得意，松懈了下来，大师兄抓住机会，一个扫堂腿，把山本向政中佐扫翻在地。不过大师兄还是很有风度，上前一把拉起了山本向政中佐。这使山本向政中佐很没有面子，又不便发作，他立起来后，说了句："改日再切磋！"头也不回地走了。

弇山武馆的人都觉得山本向政中佐不会善罢甘休，担心他会来报复。

一个月后，山本向政中佐又来了，这回，一下子来了好几十个日本兵，把武馆团团围住。

这次，山本向政中佐是有备而来，他叫大师兄与他单挑。

他的拳又狠又重，招招夺命。大师兄虽然顽强抵御，无奈不是其对手，终于被打趴在地。

二师兄接着上，可惜也不是山本向政中佐的对手，被一拳打在左眼上，当场眼冒金星，无法继续。

斜眼上去把二师兄抬下来时，看了山本向政中佐一眼。山本向政中佐以为斜眼歪着头斜着眼瞅他，是蔑视他，就喝令斜眼站住，上去就是一拳。斜眼伸手就把山本向政中佐的拳头抓住了，一拉一推，就让山本向政中佐向后退了好几步，差点摔了，这惹火了山本向政中佐，他不信一个丑八怪似的下人能有什么上乘武功。他死命一脚踢向斜眼，斜眼稳稳地站着，纹丝不动。再踢一脚，还是稳如泰山，这使山本向政中佐大吃一惊。他改变策略，用重拳袭向斜眼头部。斜眼竟把他左右手的拳头都牢牢握在了手里，把山本向政中佐的拳握得生痛生痛，山本向政中佐第一次遇到如此手劲的对手，想挣也挣不脱，意识到碰到高手了。斜眼也不发力，死死握着山本向政中佐的拳不放，像定身法似的定在那儿。他看出了山本向政中佐由傲慢的眼神变成了求饶的眼神，这才松了手。

山本向政中佐明白，如果斜眼死命一搏的话，今天自己很可能死于非命。既然对手放一马，也就顺梯下台。说了句："好，藏龙卧虎，有机会再领教！"然后，悻悻而去。

斜眼的功夫让人刮目相看。从那以后，武馆里上上下下都不再叫他斜眼，改口叫他"打杂王"。还有人要拜他为师，斜眼执意不肯，还是干着他打杂的活，看到大师兄依然恭敬有加。大师兄再也不敢小瞧他。

藤甲兵后代

布依族的阿兵，从小随着外出打工的父母，很少回贵州的山里去，对老家的了解十分有限。

一个偶然的机会，他听说了距今1700多年前的三国时期，布依族有藤甲兵、藤甲军。布依族人特制的藤甲，不怕水，不怕砍，不怕箭，就像武侠小说中的软猬甲，如果穿了藤甲战袍上战场，在冷兵器时代，简直相当于有了“铁布衫”“金钟罩”的上乘功夫，几乎是刀枪不入。如果穿了藤甲猎衣，去森林中打猎，连老虎扑上来，都奈何不得。可惜的是，这些信息都仅仅静躺在古籍的描述中。在现实生活里，已濒临失传。

阿兵没想到自己的民族还有如此的发明，自己的祖先还有这样的文化。阿兵毕竟是读过点书的，接受了城里人的新思想，他想这应该属于非物质文化遗产啊。他觉得自己作为布依族的后裔，有责任发掘之，传承之。经过反复思考，阿兵下决心回贵州山寨一年半载，去寻访，去拜师，去学艺，去做藤甲衣的传承人。

阿兵的父母一听极力反对，说：“你这混小子脑子被驴踢了，我们一家好不容易在城里站住了脚，你还回去干什么。藤甲兵、藤甲军那是老祖宗的事，与你有什么关系。再说都是些陈芝麻烂谷子的老东西，就算你找到了，会做了，谁还会穿这藤甲衣，能卖钱能换房？你回山寨捣鼓这些破玩意儿，城里姑娘谁还愿意嫁给你，千万别鬼迷心窍。”

阿兵不为所劝。对父母说：“我脑子正常着呢，这是有意义有价值的事，你们总有一天会理解我的。”

阿兵毅然回到了山寨。他挨家挨户去找那些七老八十的老人，问他们谁见过藤甲猎衣？谁家还保留着藤甲战袍？哪位老人还有编制藤甲衣的绝活。真是功夫不负有心人，经过多天的走访，终于有了收获。有位 92 岁的木登老爹说他家里还有件藤甲猎衣，结果找出来已剩残片了，木登老爹说，编制藤甲衣是他爷爷传授给他的，只是年岁大了，手脚不听使唤了，眼睛也不行了，再让他编，有心无力了。不过他见阿兵对此有兴趣，答应可以口授、指导。

据木登老爹说：藤甲衣的藤条采集于野生山间的青藤，必须是新鲜的，枯死的不能用，最好是半干不干的，水分在 50% ~ 60% 之间的，还必须是两年以上的藤蔓。第一关，采集青藤就是个麻烦事，这种野生的青藤只生长在高山上，阿兵到附近的山里转悠了好几天，才采集到了符合要求的野藤。按木登老爹的说法，藤梢嫌嫩不能用。也就是说采集的藤条要经过去叶去梢的处理，再用当地特产的草药进行浸泡，达到防虫防蛀的作用。这以后，再用桐油浸泡，等桐油完全渗透到藤条里后，方能取出暴晒，晒干后再浸入桐油中，反反复复五六遍，每次晾晒要半个月左右，经过数月的日晒和阴晾，青藤也就成了经久耐用的藤甲原料。

阿兵要学编制藤甲衣的消息很快传遍全寨。有人说：“这孩子在外面的花花世界时间长了，脑子坏了。学啥不好，花精力弄这一无用处的藤甲衣，不是吃饱了撑的吗。这藤甲衣就算编制出来了，有屁用。现在不要说老虎、豹子，连野兔、野鸡都难得见到，有几个人还上山打猎，就算打猎，用得着穿这笨重的藤甲猎衣吗？”

不过阿兵能回山寨来，寨里的老人还是很开心很欢迎的。

在木登老爹的指导下，阿兵开始了试编，他先编藤盔，头盔上有护头护颈护耳，再编护肩、护胸、护臂、围裙，前胸再加一块护心镜，组成完整的藤甲衣。藤甲衣成型后，最后的工序就是用桐油浸泡，使其更牢固。

阿兵从采集青藤到编制出藤甲衣，前后花了半年多时间。这套藤甲衣有十几公斤重，穿在身上，真的有穿越历史的感觉。木登老爹热泪盈眶，拉着阿兵的手说：“你是我们布依族的好娃子啊！”

阿兵知道如果媒体不宣传，不报道，就是自娱自乐，不可能列入文化遗产保护名录。他去了趟县城的文化馆，去了电视台。几天后，文化馆的馆长带着电视台的摄影记者来到了山寨，进行了拍摄。

木登老爹介绍说：这藤甲衣穿在身上，渡江不沉，经水不湿，刀剑不入。

电视台的要看实效，阿兵就穿着下了河，果然不湿、不沉，再让其他人用刀砍，用剑劈，用长矛刺，用箭射，都经受住了，当年战场的实用价值得到验证。

不过，木登老爹也很坦率，说：这藤甲衣也有弱点，就怕火。当年诸葛亮就是用火攻打败了藤甲军。但在阿兵看来，这丝毫不影响藤甲衣的文化价值。

当地电视台拍摄的新闻播出后，立马引起了省里的非物质文化遗产专家的重视，省报、省电视台等相继来到山寨，来采访阿兵，采访木登老爹，藤甲衣就此声名远扬。不久，就有游客来到山寨，要求亲眼看一看，摸一摸，穿一穿藤甲衣。

阿兵看出了商机，发动山寨里的乡亲一起又编制了几十套藤甲衣，组成了藤甲小队，进行了操练。在文化馆的专业指导下，跳起了历史上表演过的藤甲舞，祭拜藤甲祖神的仪式也恢复了。来山寨旅游的人越来越多。据文化馆的馆长说：已申报藤甲衣、藤甲舞、祭拜藤甲祖神的仪式为省级非物质文化遗产，木登老爹与阿兵为传承人。

阿兵决定不回城里了。阿兵的母亲不舍得离开儿子，决定也回山寨。阿兵的父亲不无感慨地说：“儿子真的比我们有头脑。”

说走就走的看望

任新是他的真名，并非笔名、网名。

任新就像他的名字谐音一样，做事心血来潮，很是任性。

有一个星期六的早晨，任新醒来时，还在想着梦里的事呢，他没来由地梦见了大学的老同学郑劳诗。当年是一个学生宿舍的，上下铺。大学毕业后，任新回了郑州，现在是公司白领，小日子也算过得蛮滋润的。一晃大学毕业十多年了，同学之间也没有聚过，不知郑劳诗过得如何？曾听同学说过：他在东莞的市政府工作，凭他的聪明劲，应该是处级干部了吧。

如今不是流行想走就走的旅行吗，那我就来个想走就走的看望。任新用手机订了9：20飞广州的航班，起床后简单收拾一下，吃了早点就想开车去机场。临出门才想起两手空空去看望老同学礼数上说不过去，临时去买时间上也来不及，突然想起家里还有朋友送的青花瓷装的康百万酒。相传当年慈禧太后途经巩县时，当地富绅康家用祖传秘方酿制的酒来接驾，慈禧太后一高兴，御封为“康百万”。这青花瓷装的康百万酒属高档酒，拿得出手。任新拎了酒就去了机场。

幸运的是航班正点，到白云机场后就打了个的，直奔东莞。快到东莞时，任新给郑劳诗打了电话，说：“我是老同学任新，我到了东莞。你家在哪？我车停你小区门口。你出来，我们找个茶吧聊聊。”

郑劳诗很是吃惊，连忙说：“真的假的，没开玩笑？”

任新说：“我在出租车上，你不说地点师傅就没有方向了。”

郑劳诗听他口气不像开玩笑，就说：“汤臣一品东大门南边的莱茵咖啡馆见，我在那儿等你。”

老同学十多年没有见面，自然十分高兴，坐定后，郑劳诗问：“出差？开会？讲学？旅游？”

任新说：“专程！”

郑劳诗怎么可能相信呢，他想老同学来东莞一定有事。就半认真半开玩笑地说：“好，专程、专程。什么事？尽管说！我能帮则帮。”

“真的没事。梦见你了，想你了，心血来潮，就飞过来了。就这么简单。”

这也太简单了吧。凭他在官场十几年的阅历，打死他都不会信的。但毕竟是老同学，郑劳诗说：“不管是顺路是专程，我都欢迎。来，以茶代酒，碰一下。”

任新似乎沉浸在大学生活的回忆中，说起了当年校园中一件件的往事。但郑劳诗心不在焉，他心里在说，别绕圈子了，快说正事吧。还不知道我能不能帮上忙呢。

然而，任新一点不了解郑劳诗的心情，只管自己东拉西扯地说个不停。郑劳诗对任新观察了一段时间，以他的经验，今天这老同学有点不对劲，难道他出了什么问题，又不好意思开口。会是什么问题呢？他悄悄列出了几种可能：

1. 婚姻出了问题，离婚了？

2. 身体出了问题，患癌症？

3. 经济上出了问题，来借钱？

4. 精神出了问题？

5. 要双规了？

6. 朋友在东莞出了事，要我帮忙捞人？

郑劳诗终于憋不住了，开门见山地说："任新，咱俩是上下铺的老同学，你有什么事，直说。只要不触犯法律，只要我力所能及，我不会袖手旁观的。"

看到老同学如此世俗，任新来时的那种兴致已减了一半。不过看样子老同学在机关里混得不赖，已是正处级领导了，很是欣慰。就对郑劳诗说："我晚上的飞机回，不住了。"

郑劳诗说："不过夜就走，那怎么可以，我已约了广州的老同学汪倩倩过来，今晚不醉不归。你不是把她视为女神的吗，难道女神也不见了？"

"不见了，不见了，意到兴尽，最佳状态，留个念想，下次见吧。"

郑劳诗有些吃不准了，这任新到底是咋回事呀，似乎都像，似乎又都不像。他借口去方便一下，独自一人去了厕所，利用这点时间，他给浦东的同学秦天方打了个电话，问："你离任新最近，最近见到过他吗？他情况怎样，没有什么特别的情况吧？"

秦天方觉得很奇怪，就问："你怎么平白无故问起任新来，他呀，还是那德行，标榜独立个性，张扬自由放纵，出什么事都有可能。"

郑劳诗没有问出什么，就轻轻地说了句："任新突然跑我这儿来了，也不知什么事？他没出事吧，但愿他没有事。总不见得专程飞来送我青花瓷装康百万酒吧。"

正好任新尿急，也去了厕所，无意中听到郑劳诗在打电话，顿时觉得大煞风景，索然无味。回去，立马回去！

任新留下了青花瓷装的康百万酒，连晚饭也没有吃，执意打道回府，他打了的直奔广州白云机场。

不久，任新大学里的同学在传：任新出事了，在逃。

只有任新自己还蒙在鼓里。

鼠族全球研讨会

2011 年春天，东瀛岛国福岛核电站因地震引起发生爆炸，造成了“泄漏事故”，岛国数十万居民被迫紧急疏散到安全地带。虽然东瀛政府采取了多种手段防止事态的扩大，然而，事与愿违，情况越来越糟糕，越来越严重。据监测，西太平洋部分海域放射性元素超过其他国家海域好几百倍，后来，又在海产品中检出放射性核素铯－137、锶－90 等含量大大超标，一时风声鹤唳，谈核色变，就是那些喜欢海鲜的吃货也对来自东瀛的美食敬而远之，望而生畏。

世界末日论，再次甚嚣尘上。

在这种大背景下，由鼠王策划、牵头，召开了“全球鼠族代表大会”。鼠王代表理事会作工作报告，它慷慨激昂地说道：当今世界，毒大米、毒奶粉、毒生姜、地沟油、潲水油、牛肉膏、染色馒头、人造蛋、瘦肉精、苏丹红……食品安全严重到不但危及人类的生命，也危及我们鼠类的生存环境。核泄漏再次警告我们，人类在自己毁灭自己。既然人类靠不住，我们得有救世良方。

人类要毁灭了，我们怎么办？虽然人类把我们归入“四害”之列，要把我们赶尽杀绝，但我们个子小，气度大，我们却从没有把人类视为敌人，鼠族与人类都是哺乳类动物，人类灭了，下一个就可能轮到我们鼠族了，因此，我们鼠族要担负起拯救人类的历史使命。从现在开始，我们的大会即为“拯救人类国际学术研讨会”，请各国各地区的鼠族中的学者、教授、异士发表高见，以便我们理事会集思广益，作出正确、英明的决策。

研讨会上，各国老鼠抢着发言，各种点子举不胜举，各种方案层出不穷。最后鼠王一锤定音，它说综合各路鼠族精英的意见与建议，我们认为来自大秦国苏博导教授的意见最有前瞻性与可操作性。就是提取最耐毒、耐饥、耐寒，抗打、抗骂、抗噪声的老鼠基因，再进行转基因合成，培育出超级疫苗，再高价卖给人类，我们赚了一票，人类也得救了。

一时掌声雷动，经久不息。鼠族们高兴啊，骄傲啊，人类的灭绝，今后要靠我们鼠族来拯救，这是何等荣耀的事，这是要载入史册，可大书特书的头等大事。

但掌声消停后，争论就起来了，这基因从哪个国家与地区的老鼠身上提取呢？几个大国当然不肯退让，星国与米国都认为它们国家的科技最发达，由它们承担这任务最合适，太阳国也不甘落后，说，我们国家小，资源缺，但我们有人才优势，有科技优势，特别是生物研究，我们在20世纪40年代就利用“马路大”进行过一系列的实验，颇有成绩的。

这时大秦国的苏博导教授不紧不慢地说道：“诸位，今天不是比谁先进谁厉害，而是要比较出哪个国家的鼠族基因最符合制成疫苗。我个人认为：米国鼠，不行，养尊处优惯了，基因退化；星国鼠，也不行，吃得太卫生，没有免疫力，什么毒素都抗不住，省省吧。要说耐饥的，高丽鼠与沙漠鼠为首选，要说耐寒的西伯利亚鼠为首选，要说经战争考验的，那非非洲鼠莫属，要说最耐毒，抗打、抗骂、抗噪声的，就数大秦鼠了。各位想想，它们与大秦子民一样，多年来也吃毒大米、地沟油之类，不说百毒不侵，至少堪称天下第一胃，它们的抗毒能力应该远在米国、星国、太阳国鼠族之上，估计超过十倍、百倍。

这些事实地球人都知道，这个理由太过硬了，谁能反驳呢。

鼠王很民主，关于提取鼠族基因的问题采取投票表决的方法来决定。投票后得票最高的是大秦鼠，第二是非洲鼠，第三是高丽鼠，第四是西伯利亚鼠，最后一致通过从这四种鼠身上提取基因，再作研究、合成、研制疫苗。

本着有钱出钱，有力出力的原则，在研制经费筹集上鼠王要求各国自报，结果星国第一、米国第二、太阳国第三、大秦国第四，考虑到高丽国等经济状况欠佳，就免了。

研制的任务无可争辩地落到了大秦国苏博导教授的肩上，由它担任课题组组长。

鼠王要求：第一年完成筛选老鼠样本，提取基因，与合成基因；第二年完成研制，制出疫苗，用于试验；第三年上市、推广。

大秦国苏博导教授立下了军令状，说保证完成任务。

且让我们拭目以待。

亲子鉴定

倪圣贵对于儿子亚亚到底是不是自己亲生的，已经怀疑很久了，要不要去做亲子鉴定也纠结很久了。

倪圣贵是土生土长的娄城人，用城里人说法就是“乡下人”，祖祖辈辈都是面朝黄土背朝天，在地里刨食吃的农民。乡下人长得黑，五官也没有城里人那样精致，用时下调侃的话就是“长得有点对不住观众”，或者谓之“有碍观瞻”。当年讨老婆确实费了老鼻子劲。

幸好后来开了公司，成了小老板，在媒人的撮合下，古庙镇上的一个姑娘阿纯才嫁给了他。阿纯的娘狠狠敲了他一笔彩礼呢。

十年前结的婚。当时就有人说倪圣贵前世修来的福气，娶了个漂亮妹子。当然，也有人说阿纯是一朵鲜花插在了牛粪上。

第二年年底，阿纯生下了个男孩子，取名为亚亚。

要说这亚亚，还真是长得虎头虎脑，有模有样，那眼睛大大的，亮亮的，那皮肤白白的，滑滑的。

倪圣贵记得很清楚，亚亚做周岁的时候，好友沈大嘴就说：圣贵啊，你们夫妻俩在造人时，一定全身心投入，一点没有偷工减料，所以啊，这儿子比爹娘漂亮多了，得打满分……

后来，亚亚渐渐长大，越长越神气，标准小帅哥一个。还有摄影家专门找上门来，为亚亚拍摄特写照片；有一家儿童用品厂商出钱请亚亚做产品的代言人。这广告一播出，影响就大了，各种议论就随之而来，其中最让倪圣贵受不了的就是有人用不容置疑的口吻说：这亚亚百分之一百不是姓倪的种，根据遗传基因，就算孩子集中了父母的优点，也不可能长得完全变了形，没有丁点父母的影子吧。

有次沈大嘴与朋友阿浑喝酒时说起此事，喝了点酒的阿浑当场就大损倪圣贵说，他那熊样，给他九天仙女当老婆，也决计生不出亚亚这样帅气的儿子，不戴绿帽子，打死我都不信。

沈大嘴也早有怀疑，但倪圣贵毕竟是自己兄弟，他不愿有人损自己朋友。就说："一龙还九子，各不相同呢。说不定倪圣贵云雨那会儿天时地利人和，三者因素都正好具备，上天恩赐呢。"

"算算算，省省吧。他倪圣贵有种去做亲子鉴定吗？沈大嘴，你敢不敢与我打个赌，如果亚亚是倪圣贵亲生的，我当众叫你三声爹，再裸奔。"阿浑说得很硬气。

沈大嘴只好吃瘪，软了下来。

正好晚上倪圣贵叫沈大嘴喝酒，喝着喝着就喝高了，喝高了的沈大嘴管不住自己的嘴了，他一五一十地把阿浑的话全说了出来。那晚倪圣贵也喝得七八成了，但脑子还没有糊涂，当场就说："不做亲子鉴定，我就是狗娘养的！"

那晚，倪圣贵与妻子阿纯吵了一架。阿纯十分委屈，说："我以人格担保我没有出轨，这孩子就是你倪圣贵的种。好，明天就去做亲子鉴定，谁不去谁就不是爹妈生的。"

话已说到这份上，亲子鉴定也就箭在弦上，不得不发了。

关于怎样做亲子鉴定的整个过程略去不叙。单说到取鉴定结果那天，夫妻两个都十二分严肃。等拿到亲子鉴定证书，夫妻两个都傻眼了。鉴定证书的最后一行写着“根据省高级法院制定的亲子鉴定技术标准，倪圣贵不是亚亚的亲生父亲”。

虽然倪圣贵早就预料到这结果，但此时此刻，心里还是倒海翻江般难受，他脸色铁青，恨不得猛扇阿纯几个耳刮子。

阿纯的情绪更激动，坚持说医生弄错了。说自己是个规规矩矩的女人，从来没有红杏出墙，怎么可能怀上别人的孩子。这种情况鉴定医生已见怪不怪，淡淡地说道：“自己做了，就要承担后果，亲子鉴定是科学，不容怀疑！”

倪圣贵在要不要离婚的问题上，又很纠结。说实在的，结婚十年来，夫妻感情还是不错的，除了亚亚的事，阿纯确确实实没有什么事情对不起自己。

阿纯也不愿离婚，她说：“我对天发誓，亚亚是你的种。”只是在科学鉴定面前，阿纯的赌咒发誓都显得极为苍白，倪圣贵也不可能相信。

大约一个月后，沈大嘴来找倪圣贵，说他在江边的七丫镇上看到一个十来岁的孩子，长得太像你了，就像一个模子里刻出来的。沈大嘴还说，这孩子与你一样右眼的眉毛中间有一粒黑痣，最不可思议的是这孩子的牙齿也与你一样，下面偏左的地方两颗牙齿半颗重叠在一起……

倪圣贵在沈大嘴的陪同下，去了一趟玉山镇，守在那学校门口，等到了那孩子。不知算不算心灵感应，倪圣贵一看就有亲切感。一问，十岁，出生年月也与亚亚一模一样的。

会不会当初在医院里弄错了？

倪圣贵去了人民医院，要求查核十年前的妇产科档案，他想知道当年与阿纯同产房的还有哪几位产妇？

医院一口回绝。说你是谁呀，凭什么来查，叫公安局出具了证明再来查。

倪圣贵咨询了律师，准备打一场有十足把握的官司。

阿纯知道后，对倪圣贵说：亚亚养了十年了，这样帅的儿子你舍得换掉？

倪圣贵又纠结了。

琥珀书记

臧晶虎书记毕业于名牌大学，很儒雅，属于那种腹有诗书的领导。他的办公室挂着一幅名人书法“虎虎有生气”。

臧晶虎作为市委书记，还是比较自律的，从没有花边新闻，也不抽烟不喝酒。唯一的爱好就是对琥珀有兴趣。这可能与他的名字不无关系。

他乳名小虎，据他父亲说：因算命先生说他五行缺土，木也不旺。考虑再三，取名晶虎。晶，可以理解为水晶，矿的一种，隐性之土，父亲说过：原本想取名臧琥。这名字五行补土太明显，且“琥”字可以联想到虎王，还是低调为好。

总而言之，臧晶虎对“琥”字有特殊感情，爱屋及乌，他后来就对琥珀发生了兴趣。

不知是谁最先发现这秘密的，反正接近臧书记的都知道，送钱送物送女人，他都不会要的，唯有送琥珀他才有可能收。

如今什么最来钱，房地产！房地产要赚钱，最关键要能拿得到廉价的土地。

黄氏地产开发总公司与陆氏不动产集团是当地两家最能呼风唤雨的企业。两家都看中了开发区靠江边的那一大片土地。

两家的老总都心知肚明，最后的拍板权在臧书记手里。如何攻下臧书记就成了关键的关键。打听来打听去，总算知道了臧书记的最爱是什么，于是，寻觅上好的琥珀就成了第一步。

黄氏地产开发总公司的黄总从一位私人藏家手里高价买到了一块琥珀雕塑《虎啸山林》，那琥珀体量大，没有任何杂质，怎么说也是上品、精品。臧晶虎爱不释手，挡不住诱惑，收下了。

陆氏不动产集团探听到这消息后，急了，至少得拿出比《虎啸山林》更好的琥珀才有可能击败对手。皇天不负有心人，陆总好不容易觅到了一块多米尼加蓝珀原石。玩琥珀收藏的知道，多米尼加蓝珀乃琥珀中最受藏家青睐的极品，在灯光的照耀下，会发出似蓝非蓝，梦幻般的蓝光，美到你心醉。

陆董事长以公司成立 10 周年的名义邀请臧晶虎书记去视察。

臧书记到后，陆董事长说让臧书记看看他的收藏品，指点指点。臧书记一眼就看到了最显眼处的那块硕大的多米尼加蓝珀原石。小件的多米尼加蓝珀挂件他见过，有收藏，但如此体量的原石，他确确实实是第一次看到。情不自禁说了句："大开眼界啊！"

陆董事长不失时机地介绍说：这是一块行话叫"蒙头料"的原石，只开了一个小小的天窗，从天窗往里看，色泽晶莹、通透、柔和，没有火山灰，没有杂质，没有裂隙，极为难得，真正的多米尼加蓝珀，极品中的极品。他拿了紫外线手电，让臧书记自己看。

臧晶虎玩了几年琥珀，也算半个行家，他接嘴说道："色差一分，价差百倍，色胜一筹，价增千倍。堪称宝贝，堪称宝贝啊！"

陆董事长见时机成熟，就说："这东西放在我这俗人手里，属于暴殄天物。由你臧书记收藏，才适得其所。"

臧晶虎连忙说："我怎能夺人之爱呢。"

陆董事长马上转移话题说："喝茶喝茶，我有顶级的台湾冻顶乌龙茶。"

喝茶时，陆董事长说起了自己收藏琥珀过程中付学费的事。他说："去年，高价买了大件的琥珀雕塑，系植物珀，里面有卷着的柏树叶，那个美啊，人见人爱。我以为捡了漏，结果是柯巴树脂料。"

臧晶虎一听，来了兴致，问："怎么知道是柯巴树脂的仿制品？"

陆董事长说："我前不久认识了一位研究琥珀的教授，他传授我热针实验辨真伪的经验，用烧红的铁丝扎在琥珀上，仅有白色粉末，无其他反应，是真品；如果冒泡，有溶解，出现拔丝现象，那就是柯巴料。"

臧晶虎陷入了沉思，他在想：我收藏的那些琥珀中，有没有柯巴树脂仿制品呢？难说。

陆董事长估计臧书记以前没有听说过柯巴料，就再加一把火说："这琥珀得经过亿万年才形成，而柯巴树脂只两三百万年，完全不在一个档次上。"

"你这儿有柯巴料的琥珀吗？"臧书记问。

"大件的都送人了。"放着被行家看见了笑话。陆董事长瞧了瞧书记的反应，又说："我付的学费可不是一次两次，我以前收藏的血珀、根珀、金珀、金绞蜜蜡，都上当受骗过。"说着，他取出一把紫外线手电，又拿出两样差不多的琥珀挂件，分别照射，一件泛幽幽蓝光，带有若许紫色，一件仅有荧光反应。陆董事长说："荧光反应的就是假货。"

其实，陆董事长今天是有准备的。他说，再做个小实验。他拿出一个玻璃罐，放进一把盐，再倒上温水，让盐溶化。这以后，他把几件琥珀手串、琥珀挂件、蜜蜡佛像放进了1：4的盐水里。有意思的事发生了，有的沉到了水底，有的半沉半浮，有的浮到了水面。显然，有真有假。

臧书记刚想说：那沉在水底的应该是真的吧。但还好没有说出口。陆董事长说："从理论上讲，沉在水底的是假的，天然的琥珀、蜜蜡等比重较轻。当然，高仿就很难说了。"

"看不出，你还懂得挺多的。"臧书记对陆董事长刮目相看，由衷地夸奖他。

"我也是现学现卖，如果不是碰到教授，我现在还蒙在鼓里呢。"

"这才是专家，有机会把这位教授请来，好讨教讨教。"臧书记说得很诚恳。

后来，臧书记一锤定音，开发区的这块地就给了陆氏不动产集团，让陆董事长赚了个盆满钵满。

陆董事长曾经在集团的高层说过："什么是知识的力量，这就是!"

最近，有消息传来，臧晶虎书记被双规了。外界说是黄氏地产开发总公司的黄总实名举报的，可官方没有证实，不知真假。

国舅爷出征

皇帝新宠敏妃，确乎长得沉鱼落雁，不说“三千宠爱在一身”，至少皇上近一年来，大半的晚上是敏妃侍寝的。不说皇上对她百依百顺，言听计从，至少，皇上很少拂了敏妃的兴头。

敏妃倒也不是那种不知天高地厚的人，只要皇上喜欢自己也就心满意足了，日子过得很是舒心。唯一的烦恼是其哥哥，只要有机会见面，就让她在皇上面前开口，要求给他封个大官当当，怎么说也是国舅爷，还是个布衣，多没面子。

敏妃没有给她哥面子，可架不住她的父亲、母亲轮番劝说，最后勉强答应，有合适的机会，自会向皇上开口。只是，哥的大名叫定国，却没有读过几天私塾，大字识不了一篓。凭什么安邦定国啊？

哥说：“别看我读书不多，可我拳头硬，腿脚粗啊，打架从小就不含糊，村里谁不知道，谁敢不服？”哥的意思，文官做不来，做个将军总行吧。领兵打仗，不信不打胜仗。

也是时来运转，不久，边关传来报警，有鞑子入侵，急需朝廷派兵去镇守。

满朝的文官武将都心知肚明鞑子风头正健，谁去都没有必胜的把握，因此，一个个都装聋作哑，没有一个肯挺身而出。

皇上为此闷闷不乐，到了敏妃那儿，还苦着个脸。

敏妃想方设法让皇上阴转晴好，敏妃见皇上不再拉长着脸了，就赔着小心问："什么事让皇上如此烦恼？"

皇上一腔怨气还未散尽，就大骂这些武将贪生怕死，不肯为朝廷分忧。

敏妃觉得机会到了，乘机进言道："我哥定国从小刀枪剑戟都耍得溜溜的，人也长得熊腰虎背，如果封他为将军，让他领兵出征，说不定就能凯旋。"

皇上想：国舅爷身无寸功，随便给他封赏，众臣肯定不服，眼下边陲告急，没人应声，派国舅爷去也说得过去，委个大将军也顺理成章了，如果日后有了战功，谁敢说个"不"字。

皇上第二天宣布：任命国舅爷定国为镇边大将军，领兵二十万，前往边陲建功立业。

大臣都知道皇帝借机封赏而已，也都知道国舅爷不是当将军的料，但说了有用吗？假如是皇上反问一句："那谁去？"怎么回答。于是干脆顺水推舟。甲大臣说："臣夜观天象，今日出征必大胜。"乙大臣说："臣算了一卦，上上大吉。"丙大臣说："我观国舅爷面相，非池中之物，完全可以委此重任……"

皇上见众大臣并无异议，很是欣慰，很是高兴。那一晚，与敏妃缠缠绵绵，很是尽兴。

国舅爷挂着大将军印，浩浩荡荡去了边陲。边陲守军都是老兵油子，什么样的将军没有见过，一看来了个国舅爷，估计没有真才实学，一掂分量果然是个草包，就不买他的账了，还时不时语带讥讽，嘲笑了国舅爷一番。

一路上，定国是第一次尝到当将军的威风，谁知刚到边陲就被七嘴八舌，很不是个味。心想，我如果不来个下马威，一定有人小瞧我，不服我。好，杀杀你们这些狗眼看人低的家伙的嚣张气焰。

第三天，国舅爷命原边关守将郭将军领兵三千夜袭鞑子。郭将军当场反对，说鞑子有数万之众，区区三千岂不以卵击石？

国舅爷当场变脸，祭出皇帝赐予的尚方宝剑，呵斥郭将军贪生怕死，违抗军令，喝令推出帐外斩首。其他守将一起为郭将军求情，才算保住了性命，但被狠狠打了五十军棍，郭将军作为军人这辈子也就算废了。

这后，边陲守将不再与国舅爷正面顶撞，但一个个出工不出力，冷眼看着国舅爷的笑话。

打仗不是打架，鞑子也不是吃素的。原本国舅爷想围歼鞑子，结果中了鞑子埋伏，死伤过半，惨遭大败，国舅爷也被生俘，第二天国舅爷的人头就挂在了鞑子营帐的旗杆上。

噩耗传到京城，皇上大怒，当初那些话谁说的？你们误导寡人啊。

盛怒之下的皇帝，把夜观天象的大臣甲挖眼；算卦的大臣乙斩手；看面相的大臣丙脸上刺字……

当初默不作声的另几位大臣见机会到了，马上说："皇上英明，这些佞臣，不惩处不足于平民愤。不杀，已是皇恩浩荡……"

皇上突然想：那边陲的安危怎么办？敏妃要不要惩罚呢？

那些刚才还在说皇上英明的大臣又一次闭口不言了。

皇上觉得一阵眩晕，想想还是去敏妃那儿吧。

父亲留下的

父亲老了，父亲病了。父亲患的是老年痴呆症，精神时好时坏，糊涂时连儿子、媳妇也不认识，清醒时半个多世纪前的事都记得清清楚楚。精神头好的日子，就起床走走，晒晒太阳，发病时就卧床不起，得喂着他吃，像个老小孩。偶尔还会大小便失禁，弄得身上、床上臭烘烘的，媳妇很是不满。

母亲走得早，现在父亲老了，大小便失禁时，自然只有做儿子的来照顾，一次两次，儿子大宝还能忍受，十次八次后，大宝开始有了怨言，常言道久病床前无孝子，儿子不胜其烦，媳妇更是怨声载道，难听话时不时蹦出。

父亲退休前是医生，自病自得知。他也知道难为儿子了，他实在不想难为儿子，更不想听媳妇的怨言。在一次清醒的时候，他写下了遗嘱，留给了儿子。

他写道：

大宝吾儿：为父生病以来的这段时间，辛苦你了，连累你了，难为你了，委屈你了。我走了，我明白我该走了！

父亲在世时，没有权，没有钱，想来想去，唯有一样东西可以留给你，就在那只老式的樟木箱底放着，你自己去拿吧。留给你做最后的念想。但愿你好好保留，将来留给孙子。对他来说，总归是爷爷留下的。

父 绝笔 即日

大宝看到台子上的信后，脑瓜子“嗡”地一下炸开了，连忙来到父亲的房间、父亲的床前，猛一看父亲已安详地闭上了眼睛，似乎没有痛苦的表情。大宝再一看床头柜上放着的安眠药瓶子，立即意识到大事不妙，立马拨打了120，医院的救护车很快到了，可为时已晚，医生测了脉搏，看了瞳孔，无奈地摊摊手，表示已回天无力，父亲就这样去了另一个世界。

从送父亲到医院开始，大宝很少说话，阴沉着脸，他自责啊。

媳妇话不多，隐隐流露出一种终于解脱了的欣慰。她劝大宝说：“你也不要太难过，服侍了父亲半年多，喂饭喂粥，端屎端尿，也说得过去了。现在父亲走了，就算一个时代的终结，以后，我们好好过两人世界生活，我会为你生个宝宝。”

媳妇是后来才看到公公的遗嘱，她以为有宝贝，私下里很是兴奋了一阵。

料理完父亲的丧事，媳妇催着大宝打开那樟木箱。大宝在樟木箱底发现了父亲自制的一本16开本的大书，封面上是父亲的毛笔字《儿子大宝成长日记》，翻开来一看，原来是父亲为大宝记的日记，从大宝降生的那一天起。

因大宝的胎位不正，难产，最后导致母亲大出血，抢救无效而死。外公外婆认为大宝克母，不愿带他。大宝的父亲只好又当爹又当娘，辛苦自不待说。

大宝的媳妇一看，没有什么值钱的宝贝，很是失望，悻悻而去。

大宝看到自己儿时的照片，很是亲切。更有意思的是还有父亲写在照片下的或长或短的话。

大宝还翻到了一本《儿子的第一次》，详细记录了大宝来到这个世界后的许多第一次。如第一次大便，第一次吃奶瓶，第一次换尿布，第一次尿床，第一次开口，第一次走路，第一次生病……

父亲把大宝的第一次生病，记录得很详细。医生诊断为小儿肺炎，父亲24小时守候在病床前，衣不解带。大宝的血管细，手臂上的血管静脉针扎不进去，护士只好从大宝的额头上扎针。父亲心疼啊。父亲写道："护士在大宝的手臂上扎了几次没有扎进去，我恨不得代替大宝扎针。护士在大宝额头上扎针时，我感到一阵阵心疼，心在颤抖，心在滴血，嘴里喃喃自语：大宝，你受苦了，大宝，你要挺住！从不信佛的我暗暗求菩萨保佑……"

大宝无意中一翻，翻到"第一次拉稀"，父亲记录了大宝五岁那一年拉肚子的事，那是冬天的一个晚上，大宝突然喊肚子疼，等父亲开灯，大宝已拉在了裤子上，弄得被窝臭气熏天。等父亲刚换好床单，大宝又拉了，再次把被窝弄得一塌糊涂。折腾到天亮，打了120，赶紧到医院挂针。父亲的日记里没有半点怨言，反而一再检讨自己，是否让儿子吃了不洁的食品，是否没有照顾好儿子。大宝读到了父亲当时写下的一段话："为大宝所做的一切，我都是心甘情愿的，再苦再累，心里也是甜的。这种心情，只有为人父为人母，才能体会得到……"

大宝读着读着，再也控制不住自己的感情，"哇"一声哭了出来，可以说是号啕大哭，哭得很伤心很伤心。

邻居说：大宝这孩子还算有良心。你听听，哭得多伤心。

道　歉

姚武初二，长得牛高马大，若是在古代，像个武林高手。

他也认为自己上辈子应该是将军或大侠。他爱上了读武侠小说，继而发展到自己动笔写武侠小说。写就写了，偏他上课时也放不下，也写。又太投入，常常进入角色出不来。老师在上面说啥，他一概听不见，听不进。只有他笔下的恩恩怨怨，打打杀杀。

教数学的宋老师是位女老师，长得挺秀气的，就是矮小了点，在高高大大的姚武面前，如果只看背影，会错觉师生位置颠倒了。宋老师人是矮小了点，但站在讲台前，看下去，谁在做小动作，谁在认真听讲，还是一目了然的。她注意姚武有小半堂课时间了，两次故意走到姚武边上，姚武竟丝毫没有反应，不知是没有察觉，还是成心不想理睬老师。

宋老师第三次走到姚武边上时，还有意咳了两声，意在提醒姚武。谁知姚武依然丁点反应也没有。同桌的学生悄悄拉拉他衣角，他还是沉浸在武侠角色里。这也太藐视老师了，宋老师真的生气了，忍无可忍的宋老师一把抓过姚武写的本子。姚武条件反射般惊醒过来，情急之下本能地动手抢回，所谓身大力不亏，姚武胳膊一扬，就把瘦小的宋老师带倒在地，可能是姚武突然爆发，用力大了些，宋老师摔了个四脚朝天，狼狈不堪，在全班同学面前出此大丑，简直斯文扫地，气得浑身发抖的宋老师课也不上了，径直去了校长办公室。

校长知道宋老师是个轻易不发火的小女人，今天来汇报，来告状，一定是脸面全没了，尊严全没了。校长先是安慰了宋老师几句，又翻看了姚武写的武侠小说，一看写的全是打打杀杀，很血腥，很野蛮，马上意识到这孩子有暴力倾向。校长来到教室，当众宣布：姚武必须向宋老师赔礼道歉，否则开除！

初二的年纪，不大不小，说懂，不太懂，说不懂，自以为都懂，是个很反叛的年龄。因此，姚武的态度也很坚决：宁可开除，决不道歉！

姚武的家长被叫到了学校，父母反复做儿子思想工作，可油盐不进，没用。

校长话已说出了口，不能退缩。姚武的话也说出了口，也不肯改口，就这样僵着了。

宋老师急，校长急，姚武的父母更急，只有姚武一副没事的样子。

姚武的家长听说特殊学校的肖老师，对问题青少年的教育有一套，就死马当活马医，找到了肖老师。肖老师听了情况介绍后说：“容我思考一个晚上，制订一个沟通方案出来。”

第二天，肖老师去了学校，与宋老师进行了推心置腹的意见交换，又与校长进行了沟通，大意是：不能轻易毁了一个孩子的前途，要设法把姚武从歧路上拉回来。

肖老师又去找了姚武，姚武很抵触，冷冷地说：“你是谁？我又不认识你。”不想理她，想给她来个闭门羹。

肖老师早就料到了，她有自己的预案。肖老师的第一句话是："你不认识我没有关系，我认识你的武侠小说啊。我看了你写的武侠小说，你真能写，我把你写的都看了，你准备如何收尾结局啊？"

这说到了姚武的心坎上，心理防线一下被打破，两人就此探讨起姚武笔下武侠人物的命运。

讲到后来，肖老师问："假如你真被学校开除了怎么办？去打工，去摆摊？你能保证自己养活自己吗？"

这些，姚武还真没有认真思考过。

肖老师又对他说："换位思考，如果你做老师，有学生上课写小说，你怎么办？"

姚武不再犟着，似乎有些悔意。但面子关系，他还是不肯松口。

肖老师说："检讨我来代你起草，你认可了，就在班上读一下，这总可以吧。"

姚武不再固执己见。

肖老师又说："你小说都能写，写道歉书还不是小菜一碟，你文采肯定比我好，你说，我来记。"就这样，边聊边记，终于把道歉书拟出了底稿。

第二天，在肖老师的陪同下，姚武来到了自己的班级。肖老师先是说了几句开场白，说她看了姚武的武侠小说，写得有模有样，主人公很要强，但也很有担当，这人物有作者自己的影子。由此可见，姚武也是个要强的人，也是个有担当的男子汉。青春路上，谁没有磕磕碰碰，谁没有做错走错过，错了就是错了，欢迎姚武同学勇敢面对。我们给他一个机会，让他当面向宋老师说声：对不起！同学们说好不好？

同学们大声说："好！"

在同学们的鼓励下，姚武走上了讲台，他对宋老师鞠了一个躬，连着几声："对不起!"说着说着就流下了悔恨的泪。

宋老师也检讨说："自己当时态度有点粗暴，伤了姚武同学的自尊心……"

全班同学拍起了手。为宋老师，也为姚武。

校长也很欣慰，紧紧地握着肖老师的手说，改日一定到你们学校取经。

阿拉丁神灯再现

前不久，微信圈里有这样一条信息，说神奇的阿拉丁神灯不知为什么在中国的古玩市场出现了，被一个专门收藏灯具的古玩爱好者金老板买下了。

也是阴错阳差，那天金老板听说南京夫子庙古玩市场有人摆出了六朝时的陶瓷灯具，他就急急忙忙驱车去了南京。

他老婆阿椿见书房的桌子上放着一盏古怪而陈旧的灯具，就拿抹布擦了一下，不想这一擦不打紧，那神灯里飘出一股烟气，在朦朦胧胧的烟气里，有一个隐隐约约的长胡子老人。看装扮不是中国人，有点像阿拉伯人，不，妖怪、魔鬼，那长胡子老人叽里咕噜说了一大串话，阿椿一句也听不懂，她吓坏了，觉得自己老公闯了祸，把魔鬼带回了家，这太可怕了。她语无伦次地说："回、回去！从我、我眼、眼前消、消失！"

阿椿已记不得那长胡子老人是怎么消失的，但她的心还在怦怦直跳。冷静下来后，她决定趁丈夫不在家的时候，把这魔鬼灯具扔掉，扔得越远越好。阿椿把读四年级的外孙小聪叫了来，关照他无论如何把这破灯扔掉，要不家里就要大祸临头了。小聪看在外婆答应购买 iPhone 6 全网通手机的面子上，决定帮外婆完成这荒唐而简单的任务。小聪趁大海退潮时，把灯扔到了海水里，几分钟后，魔鬼灯具就消失在海水里，无影无踪。

小聪在扔掉灯具之前拍了张照片，发给同学看，有同学自说自话发到了微信群里，有识货的认出是阿拉丁神灯。于是，关于阿拉丁神灯在中国出现的消息一传十十传百以几何级的速度传开了。

关于微信，有人认为只能微微信之，当不得真。不过，还是有人信了，宫峰峰就是其中的一个。

宫峰峰是阿拉丁文化传播公司的董事长兼总经理，他觉得阿拉丁神灯出现在我国，绝不是偶然的，冥冥之中有定数，是上天在昭示他，在帮助他，机不可失，时不再来，绝不能放过这个千载难逢的良机。他固执地认为阿拉丁神灯十有八九会随着涨潮再次出现。于是他带了摄像人员，打着寻找阿拉丁神灯的横幅，大张旗鼓地在海边拉起了帐篷，这种高调的怪异行为很是吸引眼球。

三天后的一个清晨，宫峰峰在海滩上看日出，寻神灯，真是功夫不负有心人，竟然被宫峰峰找到那神灯了，你瞧，在朝霞的辉映下，那神灯在沙滩上平静地躺着，一闪一闪发着光。

宫峰峰发疯般大叫起来："阿拉丁神灯！阿拉丁神灯！！"

摄像人员扛了机子就冲出帐篷。

宫峰峰拿起那神灯，戴上白手套，擦了擦神灯，不一会，灯神在一股烟雾中飘然而出，长胡子老者依然说着谁也听不懂的阿拉伯语，但宫峰峰已突击学习过阿拉伯语，他大概能听懂，翻译成汉语，大意是"你可以说出三个梦想，我可以满足你其中一个，你说吧"。

宫峰峰联想到现如今不是老提中国梦、个人梦吗？这阿拉丁是阿拉伯国家的，那我加个国际视野，不能让灯神小瞧了咱泱泱大国。就说道："第一，世界大同，世界和平，没有侵略，没有战火；第二，诚信为基，民生为本，没有贪官，没有贪腐；第三，我要像马云一样……"

宫峰峰原本想说"我们公司要做得与马云一样，成为文化传播公司中的龙头老大，成为人人知晓的全球上市公司。"但话到嘴边，又怕别人说他太狂妄，不知天高地厚，就把后面的话压在了舌头底下。

灯神到底是灯神，精通多国语言，竟然听懂了宫峰峰的三个梦想。他说，第一个梦想，那是真主管的，抱歉，我无能为力；第二个梦想，那是国家管的，我不能越俎代庖，犯忌的；第三个嘛，是你个人梦，成全你！说完，灯神随着那烟雾消失了，不见了。之后，突然乌云密布，狂风大作，天暗了下来，那阿拉丁神灯在狂风中没了踪影，不知是谁顺手牵羊拿走了，还是被大风刮到海里去了。

等云散风过，摄像人员吃惊地发现他们的老板宫峰峰的脸变成了马云的脸，至少那脸有七八分像。

这个视频发上网后，点击率迅速飙升，留言、跟帖的网民成千上万，说啥的都有。多数意见：炒作，拙劣的炒作！也有人说：创意，成功的创意！当然也有少数网民相信这是真的，还有几位网民专门跑到那海滩上，去碰碰机会，看那阿拉丁神灯会不会再次被潮水冲上岸来。

后来网上还专门开设阿拉丁神灯的专题讨论，反正沸沸扬扬热闹了好一阵。虽然最后不了了之，但阿拉丁文化传播公司确乎火了，宫峰峰也成了当地名人、成了网上名人。

选刊篇采撷

百年校庆

班长史凡诗是20世纪90年代出国的，在美国混得不错，有车有房，有儿有女，属高级白领。由于父母双亡，妹妹也移民加拿大了，老家娄城也没什么近亲，没有多少牵挂，也就没有再回娄城。

时间过得真快，一晃在异国他乡生活了二十来年了，前几个月，突然接到老家母校娄城中学的邀请信，说今年是娄城中学的百年校庆，希望他能大驾光临，恭逢盛会。

接到这个邀请后，史凡诗兴奋了好一阵，回想起了当年在母校的点点滴滴，不想还好，一想，那种乡情、乡愁立时漫上心头，恨不得立马回娄城，回母校看看。

史凡诗想，此次回去，总得为母校做点什么吧。自己虽然算高级白领，经济条件不错，给母校捐个一两万美金还是没有问题的，但区区一两万美金实在不足以表达对家乡，对母校的那份情感，他想起低自己一届的项博彤有多项专利，赚了不少钱，就问他愿不愿意回去参加母校百年校庆，为母校捐点钱？项博彤连想也没想，就说没有问题。

史凡诗与项博彤都是大忙人，但两人都放下手头所有的工作回国，且都带好了旅行支票。

母校的接待工作很细很踏实，安排专车到浦东机场来接的。

来到娄东中学，史凡诗与项博彤都傻了，这是我的母校吗？怎么完全变样了，当年那个校门口虽不气派，但很有特色，特别是那两棵数百年的老榆树，有好几个鸟窝呢，透出沧桑，那一排悬铃木，少说也有百年，怎么都没有了？代之的是高高大大的门楼，电动的不锈钢大门，一块硕大无比的花岗石横卧在校门内，镌刻着“勤学、拼搏、求实、向上”八字校训。气派是气派，只是没有亲切感。来到校园内，更是找不着北，熟悉的口字楼、教育楼、图书馆都不见了，史凡诗、项博彤都记得口字楼是学生宿舍，口字中间南北各立一块独峰的太湖石，分别刻有“博学”“笃志”，相当于校训。不知是恋旧还是没有与时俱进，反正两位老校友都觉得原有的四个字，比现在校门口的八字校训更有文化底蕴。当然，印象最深的是那条长廊，一个发券接一个发券，五六十个发券呢，拍出的照片绝对有味道。还有风雨大操场呢？那可是清代时考秀才的地方，记得中学时，常常来这儿练单杠、双杠、吊环，跳木马……

史凡诗记忆犹新的是有一年冬天，难得下了一场少见的大雪，作为班长的他，与好几位爱锻炼的男同学借了照相机，带了军大衣，来这儿拍雪地肌肉照。史凡诗先让大毛站在风雨操场外，自己对好了焦距，算好了距离，在把照相机给长脚，自己回到风雨操场，把衣服脱了，脱成光膀子，再把橄榄油抹在胸肌上，然后披上军大衣，裹紧后，来到室外大毛站的位置，猛地把军大衣甩给大毛，长脚以最快的速度按下快门。之后，一个接一个重复这个动作与程序，每个人都有一张雪地肌肉照。冰天雪地啊，大毛还冻得得了伤风呢，但凡是参与这壮举的同学至今没有一个懊悔，回忆起来还一个个津津乐道。

项博彤最难忘的是校最北边的那小河，在那儿，他第一次约了心仪的女同学去帮她复习，应对考试，在书里还夹了字条给她，虽然没有结果，回想起来。毕竟十分的美好。懵懵懂懂的爱，不知算不算初恋？

可原来的小河填了，影子也没有了。原来的老房子、老树都没有了，代之的是崭新的教学楼、实验楼、图书馆、大礼堂，学校的整个格局都变了，变大了，变新了，变洋气了，变高档了，用时下的话就是“高大上”了。只是，关键的关键，学生时代的信息已荡然无存，即便想发思古之幽情也没有了载体，这还能算是我们原来的母校吗？心里不是个味。

凭心而论，这次娄城中学的百年校庆还是组织得非常好的，毕业于母校的佼佼者来了不少，有两院院士，有将军，有省市领导，有著名作家、艺术家，有影视明星、有牛气冲天的企业家。可以说很排场，住得好，吃得好，还有隆重的开幕式与大型演出，以及精美的礼品。谁要说不满意，那真的是没有良心，但与原来想象的太不一样了。

史凡诗与项博彤得出的结论：学校不差钱，还需要我俩捐赠吗？两人摸着口袋里的旅行支票都不好意思拿出来。

在校友座谈会上，史凡诗拿出了专门整理后带回来的几张老照片，有当年的学生宿舍口字楼，有长廊，有独立而耸的图书馆，有古老的风雨操场，有老榆树，有悬铃木上的那口铜钟，有口字楼的太湖石、有六百年的古紫藤，有已故老校长的照片，有“文革”时学校里的大字报、红海洋，有雪地里的肌肉照，这些照片被记者看到后，如获至宝，电视台与报社的记者都来采访史凡诗，报社还给他做了专版。校领导来与他商量，希望他把这些照片捐给校史室。史凡诗说：带回国的这些照片就是准备捐给母校的。

项博彤有些失落，他问史凡诗：钱，还捐不捐？

史凡诗不知怎么回答他好。

香　道

村上香彦是日本很有名气的香道爱好者，他的周围聚拢了不少同好同道，以及拜他为师的弟子。村上香彦最大的愿望是到中国访问，寻觅香道的遗迹，与香道一脉的残存。他曾多次告诉弟子：中国的香道已式微。他让他的弟子们信服：香道的源头虽然在中国，但香道的后继，香道的正脉，香道的发扬光大者在日本。

秋高气爽，桂花飘香时节，村上香彦带着一拨香道爱好者来到了海城。因为海城是个大城市，如果在这里都找不到香道传承者，其他城市更是可想而知。

村上香彦以日本香道代表团团长的身份，找到了海城文联，请海城文联帮助联系海城的香道协会，或者退而求其次，找一两位香道爱好者也行。

文联主席很为难，说："我们文联有十大协会，有作协、美协、书协、摄协、音协、舞协、曲协、戏曲家协会、影视家协会、民间艺术家协会，但没有听说过有香道协会，实在抱歉。"

"那么是不是可以说在海城不存在香道的官方与民间的任何组织，也没有香道的传承人？"村上香彦的口气有点傲慢，有点咄咄逼人。

文联主席实在无法正面回答这个问题，只好委婉地说："这样吧，你到文化部门问问，他们统管大文化，了解情况比较全面。我们文联只管文学、文艺创作一块。"

村上香彦连说几个：谢谢！谢谢……然后作揖告辞。

出了门，村上香彦的自信又增加了几分，很欣慰地说："怎么样，为师没有说大话吧。古老而神奇的香道得靠我们大日本传承、传播。"

为了让弟子们彻底信服，村上香彦又带着弟子们去了海城文化局。局长一听香道，愣了一愣，随即说："有、有、有！我们海城的收藏家协会，藏龙卧虎，大玩家多着呢，玩石头的，玩木头的，玩玉器的，玩瓷器的，玩青铜器的，数都数不过来……"

村上香彦在局长招呼团员喝茶的当口儿，插嘴强调说："我们是香道代表团，只找贵国的香道爱好者切磋交流。"

"好、好、好。据我知道，收藏家协会洪会长就是收藏沉香木的，海南的上等沉香木几乎被他包圆收尽了，东南亚各国的优质沉香木，他收藏之富，没人可与之匹敌。他手里的沉香，体量之大，质量之好，保证让你与你的团员大开眼界，大饱眼福。"局长侃侃而谈。

村上香彦想向局长解释香道与收藏沉香木的区别，但话到嘴边又咽了回去。

不管怎么说，沉香木还是与香道有内在联系的，本着客随主便，恭敬不如从命的原则，村上香彦去见识了洪会长收藏的沉香木，果然让日本香道代表团的所有成员都看得目瞪口呆，叹为观止。

洪会长做东招待了日本香道代表团，酒宴上，洪会长无意间说起："我有位朋友痴迷香道，你们交流就对路了，可惜他不在海城。"

村上香彦哪肯放过这线索。最后打听到这位朋友叫侯古今，在百里外的娄城。联系上后，村上香彦第二天就去了娄城。

侯古今原本是个古琴家，他认为最惬意的事就是焚上一炉香，在袅袅的熏香中，抚上一曲。习惯了那熏香后，他就离不开香熏了。后来他查了很多资料，寻访了多位隐逸在乡野民间的香人、香婆，渐渐迷上了香道。

侯古今的宅院在弇山园东侧的池塘边，临水而筑，独门独户，园宅合一。村上香彦一进客厅，就吃惊不小，其装饰全部用的香柏木，不漆不油，自然香味。在他印象中，曾经读到过古代七大奇迹之一的黛安娜神殿的立柱，以及大门，用的乃巨型香柏木；还有印度莫卧儿王朝第五代皇帝沙贾汗为其皇后阿姬曼·芭奴建造的宫殿，就是用香柏木制成的，人称"香宫"。而现在一个香道爱好者家的客厅，竟然全是香柏木，要知道这种别称西洋杉的木头如今很金贵很难觅的。

客厅里挂着一幅朱屺瞻手书的对联"花气无边熏欲醉，灵芬一点静还通"，是录自朱熹的《香界》。还有一幅马士达的行书"炉烟袅孤碧，云缕霏数千，悠然凌空去，缥缈随风还"。系宋代诗人陈去非《焚香》里的诗句。

在书房的书架上，村上香彦发现了《香乘》《洪氏香谱》《香史小札》《香道诗汇》《品香图录》《三香杂俎》等有关香道的著作。有些书籍村上香彦不但没有读过，连听也没有听说过。

村上香彦仔细观察了案上、桌上放着的香炉、香斗、香筒、香插、香盘、香夹、香箸、香铲、香匙、香囊、香帚、香篆、香押、香刀等，无不精致精美，其中有几样一看那包浆就知是上百年的老东西。村上香彦肃然起敬，不敢再有小觑的神色。

侯古今招呼客人坐下后，默默地从香盒中夹出一小块香料，准备让客人品香。作为行家，村上香彦一看，竟是特产于越南的奇楠，乃沉香中极品的极品，也称琼脂，无比珍贵。侯古今告诉村上香彦，为了觅到奇楠香，他光越南就去了好几次。

在淡淡的飘香中，村上香彦与侯古今愉快地交谈了起来。侯古今说起了已与当地寺庙联手，在办的禅修营里增加了香学与佛学结合的“坐香”“课香”，佛门与文人共同营建香斋，竟然很受学员的欢迎。

村上香彦问：在发扬光大香道方面还有何新的打算？侯古今说：正与热爱中医的朋友在恢复、推广芳香疗法，信者甚多。

村上香彦觉得此次中国之行，虽然与预想的不一样，但收获颇多。

临走，村上香彦很诚心诚意地说：“请赐墨宝，留作纪念。”侯古今也不推辞，提笔写下了“致虚极、守静笃——与村上香彦共勉”几个字。

智　者

国王标榜自己愿网罗天下英才，唯才是用。

有人向国王推荐了智者。国王打量了半天，但见所谓的智者个子不高，相貌平平，实在看不出这智者有何过人之处。

国王让A大臣去查查智者的底细，考察考察，看看他到底有何才能？

一星期后，A大臣回复国王，智者出生于乡下一个贫苦的家庭，据说基本上是靠自学的。没有听说他做过什么惊天动地的大事，但在乡下，矮子里出长子，算是有点小聪明的，乡亲们很信赖他。A大臣强调：有句俗话谓之“乡尖不如市呆”，意思是乡下人见识少，在乡下算是顶儿拔尖的人物，到了城市，还不如一个久居城市的呆子见多识广呢。

国王想“龙生龙，凤生凤，老鼠的儿子掘地洞”，这话肯定是有几分道理的，但如果直接把他撵走，可能会坏了自己求贤若渴的好名声，不如先留在身边，试用半年，假如真的智者不智，再撵不迟。

有次，国王去视察边远地区，那儿没有官道，只有山路与泥泞小道，不是乱石硌脚，就是坑坑洼洼，实在不好走，一双脚实在痛得受不了。就算骑马，有些崎岖山路也得靠双脚行走。

国王很是不满，这如何长途跋涉？A 大臣、B 大臣与 C 大臣反复商议后，终于想出了一个他们认为极为巧妙的办法，就是下令在国王经过的道路上预先铺上牛皮，这样，国王就不会硌脚了，脚就不疼了。国王很是满意。他瞅瞅智者，觉得这智者徒有虚名，远不如自己的 A 大臣、B 大臣与 C 大臣，国王想：等这次视察结束，智者的任用也该结束了。

A 大臣、B 大臣与 C 大臣从各地调集了很多很多的牛皮，雇了专人，一路铺到边远地区。

智者观察了三天，思考了三天，向国王提出了上中下三策：下策，一路铺过去，那要成千上万张牛皮；中策，铺一段，走一段，再把已走过的牛皮移到前面的路上，这样有个几十张牛皮就够了；上策，选半张上等的牛皮，再一分为二，分别包在两只脚上，牛皮上端打洞，穿绳，扎住，就可以稳稳当当地走路了，再不怕路上七高八低的石头、石子，就算积水、烂泥，也不湿脚，不脏脚。

国王一听，立马意识到智者的建议不知比 A 大臣、B 大臣与 C 大臣的烂主意要高明多少，当即采用了智者的上策，于是，皮鞋的雏形诞生了。

A 大臣、B 大臣与 C 大臣自惭形秽，不敢再多嘴多舌。

视察回来后，国王对智者大加赞赏。

智者又乘机向国王建议：办个制鞋工坊，召集匠人专门制鞋，让国王手下的兵士都有鞋穿，这样战斗力肯定大大提高。国王当即封智者为督造军鞋的总负责。

智者召集了国内的能工巧匠，集思广益，一起改进皮鞋。很快有了军用皮鞋与民用皮鞋。

就在智者不断改进皮鞋的日子了，前线传来不好的消息：

外敌入侵，势如破竹。一时，人心惶惶。

A 大臣、B 大臣与 C 大臣商议后，觉得唯有投降、纳贡这条路了。国王也一筹莫展。

智者想想国王对自己不薄，理该献计献策，就向国王献了上中下三策。下策：迁都；中策：和亲；上策：偷袭。

国王与 A 大臣、B 大臣与 C 大臣分析了智者的三策，拿不定主意。

智者说：迁都可以保一时，不能保长久，而且要失去一半土地；和亲要牺牲一位才貌双全的公主，如果公主有胆识，也许能有十年二十年的太平，但不确定的因素太多；偷袭，可以反败为胜。因为现在敌方已被胜利冲昏了头脑，绝对想不到我们敢偷袭。最主要的，现在我们的兵士都穿上了牛皮鞋后，行军的速度与原先已不可同日而语，我们如果从最难走的西路夜袭，打他个措手不及，有八九成赢的把握。

国王采纳了智者的上策，向所有的兵士发放了新制的皮鞋，再挑选身强力壮，武艺出众的兵士组成敢死队，在智者的率领下，连夜奔袭而去。

敌方做梦也想不到会在半夜三更出现国王的兵士，这智者来了个“擒贼先擒王”，偷袭中军帐成功后，敌方群龙无首，很快乱了。A 大臣看到约定的火把，知道智者得手了，马上指挥兵士全线压了过去，有了皮鞋的士兵，根本不看脚下，只管猛冲，这一仗打得爽，竟然真的反败为胜。

论功行赏，智者的功劳自然是第一位的，对此，A 大臣、B 大臣与 C 大臣很不舒服，他们准备联手打压智者。

在庆功会上，智者对国王说：“我本是乡野村民，何德何能，能为国王出力，为国家出力，已是我与我家族无上的荣光。我不求升官发财，请国王把制鞋的专利赏赐给我，我就心满意足了。”

A 大臣、B 大臣与 C 大臣一听，马上向国王进言：封智者为制鞋祖师爷，让其家族垄断制鞋。也算是厚赏于他。

据说智者再没有涉足朝廷，一生制鞋为生，活到百岁，无疾而终。

玉雕艺人哥俩好

俗话说“一龙九子，子子不同”，还真是不虚不谬。就说娄城的阳春与夏立吧，一母同胞两兄弟。可哥俩的脾性从小就不一样，阳春好静，夏立好动。阳春做事一根筋，夏立做事会偷巧。

阳春、夏立的父亲是娄城的玉雕艺人，祖传的。父亲希望儿子继承祖业，阳春与夏立就一同跟父亲开始学玉雕手艺。

按玉雕行不成文的规矩，三年后可以出师，自立门户。但他们是一家子，也就不存在教会徒弟，饿死师傅一说。因为是自家的孩子，父亲也从不藏一手，所有绝活，倾囊相授，其实不到三年，老子就把看家本领全教给了阳春与夏立，成不成材，就看哥俩各自的悟性与努力了。

哥俩学艺的第四年，父亲心肌梗塞走了。

常言道“长兄为父”。父亲走后，阳春对夏立说：父亲留下的店面就由你继承，我另外开店，自谋出路。

夏立是个好玩的主，猴子屁股坐不住，父亲在的时候，学艺是两只马，两只虎。好在阳春把父亲的店面给了他，凭着那些老客户，雕些大路货的物件，小日子还过得去，不说红红火火，至少吃喝不愁。夏立挺知足的。

阳春呢，发誓走玉雕的高端路线。他买了很多玉雕的书，每天不是看那些玉雕书，就是琢磨如何雕刻精品。阳春把大量的精力、时间花在了设计上，精雕细刻上。这样产品就少，十天半月，甚至一两个月才完成一件作品，自己的作品像自己的孩子，又不舍得出售，就标个老高的价。娄城不是上海，不是北京，大买主毕竟少，阳春一年出售不了几件玉雕，日子就过得紧紧巴巴。

夏立认为阳春好高骛远，劝他雕些普通老百姓喜闻乐见的小挂件、小摆设，肯定有销路。可阳春不为所动，终日沉浸在自己的追求世界里，乐在其中，乐此不疲。

大约花了半年多的时间，阳春在一块两米长的岫玉上雕出了梁山一百零八将群像，各有姿势，各有表情，活龙活现，栩栩如生。在中国工艺美术学会、中国轻工珠宝首饰中心举办的首届中国玉石雕刻“陆子冈杯”大赛中获得了一等奖。

领奖后，有位外地的夏老板高薪聘他，说愿意给他一个几百平方米的工作坊。阳春说他舍不得家乡娄城。夏老板很善解人意，也不勉强他，但执意要与他签 20 年合同，包销他全部作品。阳春说：“谢谢!”但只肯签 3 年合同，这 3 年间阳春创作的玉雕品全部归夏老板，每年的收购费用不少于 100 万元。老板爽快答应，当场就签了合同。

有了每年 100 万元的进账，阳春的生活就没有后顾之忧了，可以放心大胆地探索和创作。

在娄城，像夏立这样的玉雕人，充其量也就 10 万元收入。阳春一下子每年拿 100 万元，在娄城很是轰动。弟弟夏立不免眼红，问哥哥能否介绍他也参与其中，分一杯羹。

阳春当然希望自己弟弟也能脱颖而出，他建议夏立先认认真真雕刻一件作品，送去参赛，听听评委的意见，如果能入评委法眼，一定推荐给夏老板。

夏立闭门造车，花了九牛二虎之力，雕出了《刘关张桃园三结义》，阳春看后，以他的审美，很不满意，可又不便直说，怕伤了弟弟的自尊心，就每次提一两处修改意见，夏立改了一次又一次，改得都没有了信心。说，我尽力了，就这水平，我就不信，他们都有神仙手？

阳春把弟弟的这件作品送出去参加了第二届中国玉石雕刻“陆子冈杯”大赛，结果名落孙山。阳春特地去问了评委，评委说：选料不错，创意也尚可，就是刻工一般，这样的大路货有的是，连初评都通不过，抱歉抱歉！

夏立落选后，有点迁怒哥哥阳春，总觉得哥哥不肯帮忙。他愤愤地说，都是父亲的嫡传，就算我差点，不可能天上地下吧。你真帮我忙了？鬼才信。从此以后，弟弟夏立与哥哥阳春有了隔阂。

第二年，阳春执意带夏立到了苏州，去参观“陆子冈杯”获奖作品大展，那些获奖的玉雕作品件件精美，或大气厚重，或巧夺天工，或构思匪夷所思，或雕工精益求精，看得夏立目瞪口呆，这才意识到自己坐井观天，与一流水准差了好几个档次。

回到娄城后，夏立对阳春说：“哥，从今天起，我拜你为师。”

阳春连忙说：“使不得，使不得。我们兄弟俩多交流切磋就是。”

此后，夏立变了个人似的。他说，历史上烧瓷器有哥窑弟窑，成就一段历史佳话，自己要让后世知道玉雕界有哥俩好。

风雪夜

世纪寒潮说来就来，温度低到了百年未遇。小年夜那晚，飘起了雪花，夹杂着冰粒子，打在脸上生痛生痛的。

风雪中，老灶台小饭店的老杨头正要关门时，突然闯进一位满头是雪的年轻人。

账台上残疾的阿芳一见，脱口而出："对不起，关门了，不营业了！"

年轻人只管往凳子上一坐，朝老杨头说："来点吃的！"

老杨头打量了一下年轻人，也就二十来岁，比自己儿子小几岁的模样。穿得有点单薄，风雪天，帽子、手套都没有，手里提着一个塑料袋，袋里好像是两瓶大瓶装的雪碧。

老杨头看这小伙子又冷又饿的样子，不忍心拒之门外。就问："想吃点啥？"

年轻人想也没有想，就说道："来碗红烧肉，再来个鱼，两碗米饭！"

阿芳说："关店歇业了，年初五再开张，你去别家看看吧。"

"那有什么吃什么。我肚皮贴到后背脊了。"年轻人认定这家了。

老杨头让阿芳泡杯热茶给年轻人，自己去厨房忙开了。红烧肉是现成的，热一下就可以端上桌。善解人意的老杨头先烧了碗榨菜肉丝汤端上去。

年轻人说："老板，我没有点汤。"

老杨头说："今天是小年夜，遇到就是个缘分，这汤是本店送的，不收你钱。"

年轻人说："谢谢老板!"

老杨头注意到年轻人的泪花在眼眶里打转。

水箱里的活鱼都吃光了，还好冰箱里还有一条杀好的鲫鱼，老杨头就红烧了。

这年轻人上来就把一碗饭狼吞虎咽吃了。吃完，问："还有吗？能再来一碗吗?"

阿芳想碰到饿死鬼投胎了，哪有这样吃饭的。就没有好气地说："没有了，都关店过年了，哪有多余的饭。"阿芳说的是实话。

老杨头马上接嘴说："你稍等，我给你下碗面。"

年轻人很快把一碗红烧肉与一条红烧鲫鱼吃了个一干二净。

老杨头端上了一碗面条。

年轻人再次三下五除二把一碗面条连汤带水全吃了。

年轻人的脸上泛出了些许活气。他摸摸索索把口袋里的东西都掏了出来，几张皱皱巴巴的一元票，三块硬币，还有一只打火机，钱加起来也就十来元，显然不够这一顿饭钱。阿芳刚想说："你来吃霸王餐啊!"但老杨头拉了拉阿芳的衣服，示意她不要说。

年轻人有点没有底气地说："老板，我写张欠、欠条，行吧?"

老杨头坐到年轻人面前，说："你如果肯听我讲个故事，这顿晚饭就算我请。”

年轻人无法拒绝，下意识地摆弄着打火机，听着老杨头的故事。

老杨头说：“三年前，有个叫山娃的农村小伙子，24 岁，到城里的建筑工地打工。原本准备春节回去结婚的，但包工头拖欠了三年的工资，拿不到这三年的工资，山娃拿什么回去结婚。他盯了包工头好多天，终于发现包工头小年夜这天在一个大饭店与家人吃年夜饭，山娃闯了进去，讨要工资，老板不但不给钱，还骂骂咧咧，推推搡搡，山娃想到自己的婚事因无钱办不了，气不打一处来，气头上的山娃拎起桌上的酒瓶，砸在了老板头上。老板家的人一拥而上，痛揍山娃。山娃本能地用半截酒瓶朝打他的人猛刺，结果有三人被刺破脸与手，一个刺破了颈动脉，流血过多而死。最后，山娃被判无期徒刑。

“山娃的婚事自然吹了，山娃的老爹带着他残疾的女儿到城里来讨饭，捡破烂，就是为了能就近去监狱看看山娃。直到第三年才开了个小饭店，勉强在城里立住了脚。

“我想你应该听出来了，山娃的爹就是我。孩子，我估摸着你也遇到了难事，你千万千万不能再走我儿子山娃的老路。你打火机一点，就没法挽回了。去自首吧。”

年轻人听罢故事，已泪水模糊了双眼。他问老杨头：“你怎么看出我要去犯罪？”

老杨头说：“我是有名的狗鼻子，你一进门我就闻到了汽油味。我瞧见了那只全新的打火机，你口袋里没烟，也不见你抽烟，我就猜到了你想做什么。你吃饭的样子，我就知道你至少饿了两三顿了，你只有十来元零钱，说明你真的山穷水尽了。你说写欠条，我知道你本性不坏。我不能让你像山娃一样断送了自己的后半生啊。年轻人，听我老杨头一声劝吧。”